Catherine RINALDO

ALLONS, SUIS-MOI NULLE PART !

ÉDITIONS DU VIEUX TILLEUL

ALLONS, SUIS-MOI NULLE PART !

Brièvement, je me présente à vous.

Je suis arrivée dans ce magnifique pays qu'est la Basse Normandie en 1976, après avoir vécu dix neuf ans à Montmartre. Mes études se sont terminées aux « Arts Appliqués » près de l'Eglise Saint Sulpice à Paris. J'ai toujours écrit ; enfin, dès que j'ai su tenir un crayon entre mes mains, et photographié beaucoup aussi ! J'ai trois filles que j'adore et pour qui j'ai écrit ce livre, ainsi que trois adorables petits-enfants. Si j'ai souhaité éditer mon auto biographie, c'est aussi afin que les lecteurs qui ont acheté mes recueils de poésies les comprennent mieux. Je suis membre de la Société des Ecrivains Normands, ainsi que des Auteurs du Cotentin, site : htpp//auteurscotentin.e-monsite.com.

ÉDITIONS DU VIEUX TILLEUL

ICL *Graphic* - Valognes
(Tirage numérique couleur)
Dépôt légal – 1er trimestre 2011
N° ISBN 978-2-9530090-3-3

ALLONS, SUIS-MOI NULLE PART !

Déjà parus aux Editions du Vieux Tilleul :

Amour et désamour 1
Amour et désamour 2
Contemplation et expression

À JEAN et CHRISTINE ainsi qu'à MANUELLA
À ma famille tout entière
À mes amis.

INTRODUCTION

Plus qu'une introduction, cela est plutôt une mise en garde afin que le lecteur ne se sente pas perdu dans les méandres de ce livre.

Celui-ci est complètement déstructuré puisqu'il est une auto biographie analytique.

Il est conçu un peu comme des réponses envers des questions que me poserait insidieusement mais d'une façon bien ciblées un thérapeute.

Alors, bien évidemment, les séances sont espacées, les jours sont vécus différemment et les souvenirs peuvent passer entre la colère et la douceur. Mes émotions sont alors extrêmement hétéroclites et donc surprenantes ! Mais la vie n'est-elle pas ainsi faite ?

Je ne me suis pas souciée des règles et normes littéraires, beaucoup trop strictes et pesantes pour ce genre d'expression. Cela aurait ôté toute spontanéité à mes écrits.

Que cette analyse travaillée et couchée sur papier depuis neuf mois, (amusant, le temps d'une grossesse !) ainsi que plusieurs années en psychothérapie soient salutaires à ceux qui savent écouter, et ainsi qu'ils puissent poursuivre leur chemin sans culpabiliser ; je parle là des personnes qui ont subit des harcèlements de toute sorte.

Voilà, je pense que cette introduction est importante car je rentre dans le vif du sujet brutalement et cela pourrait en décourager certains pour la suite de la lecture.

Le passage de l'enfant à l'adulte confirmée fut brutal et déclencha en moi des sentiments de peurs et de joies. D'ailleurs, suis-je seulement arrivée au bout de mon chemin de douleurs ? Chemin parcouru avec la ferme volonté d'entreprendre un travail acharné sur moi-même afin d'en ôter les camisoles de forces qui m'ont entravée tant de fois. Travail qui ne sera peut-être jamais achevé…

Allons, allons, espérons ! Les souvenirs amènent parfois, du moins j'ose l'espérer, à la vérité, à une identité bafouée mais retrouvée enfin. Que demander de plus qu'une considération plus honorable et valeureuse de son égo ? Une renaissance peut subvenir sur le tard ; comme l'a cité Paolo Coelho dans un de ses livres : « Le guerrier a dormi pendant très longtemps. Il est naturel qu'il se réveille petit à petit ». Pour cela, il faut toujours espérer, se battre inlassablement et ne pas lâcher.

Des souvenirs précis de petite fille m'assaillirent, emmêlés. Qui suis-je ? L'enfant morose et malheureuse d'hier ou l'adulte bienheureuse à venir ? Saurai-je offrir le bonheur à mon mari et à mes enfants ? Leur apporter les milles saveurs d'une vie sans chaos et sans horreur ? En faire enfin, des adultes choyés, loin de ma demeure ? Ces questions furent les premières à me préoccuper au moment même où je dus entrer dans le monde des adultes.

Ce fut mon plus cher désir, moi, la femme enfant qui tirai au fil du temps et des épreuves de la vie, bien des leçons de ce passé déséquilibrant, encombrant. Celui-ci m'ayant fait perdre toute identité ainsi que la confiance en soi.

Lorsque je t'ai donné la vie, ma fille aînée chérie, je pensais que j'avais grandi. Premier fruit désiré, fruit de ma passion envers l'être aimé, mais continuité d'une nouvelle enfance à l'enfance que j'ai fui. Donner la vie est une sensation indescriptible mais très enrichissante.

Je m'étais trompée, l'amour oui je l'avais en moi, mais l'adulte n'était pas née pour si peu. Je voulais tout bien faire et sans restriction ! Faire le contraire de ce que j'avais vécu, me laisser aimer comme dans les contes de fées ; bref, être une femme parfaite et par un tour de magie rendre mon entourage semblable à mes rêves.

Si je me souviens bien, si je suis honnête avec moi, à dix-huit ans, voulant fuir le domicile parental et suivre celui qui me donnait sa vie tout en prenant la mienne, et que, finalement je ne connaissais pas autrement qu'en tant qu'ami de mes frères, le résultat est que c'était enfantin. Enfantin de se voiler les yeux et l'âme à ce point, voile sur des réflexes complexes, voile de songer que tout va s'en aller, comme cela, juste parce qu'on le souhaite si fort ! Mon frère Philippe venant tout juste de se suicider, il m'était alors inconcevable de rester seule avec mes parents.

Ce premier époux, mon échappatoire, je l'attrapai comme on s'accroche à une bouée de sauvetage. Je l'ai aimé du plus profond de mon être. Il était pour moi mon sauveur, beau, fort et courageux. Nous dûmes partir de Paris, celui-ci étant muté en Normandie, et comme il avait une maison à Sainte- Mère-Église, il demanda sa mutation pour Cherbourg et nous habitions donc au sein de ce lieu historique mais tellement petit. Passer de la grande ville à ce petit bourg fut une épopée pour nous. D'autant plus que j'étais enceinte et que le papa avait dix huit ans de plus que moi. Nous étions en prime des Parisiens, donc des étrangers. Certaines personnes sonnaient à notre porte et me demandaient de parler à mon père, ce qui me mettait intérieurement dans une colère terrible que je contenais tant bien que mal. J'expliquais gentiment que mon père était en fait mon mari.

Petit à petit, les habitants de cette bourgade m'ont ouvert leur cœur et tout était devenu beau et simple comme par enchantement : les paysages, les amis ainsi que cette minuscule ville éternellement réputée.

Je n'ai jamais été aussi épanouie que lorsque j'étais enceinte.

Le rire : de ces rires qui vous arrivent par surprise, pour un rien ! Ces envies de se remplir plus encore, mangeant pour deux, donc partageant. Sentir en soi l'inconnu se développer, se construire, vous chambouler, vous transformer en une outre immonde mais en femme enfin. Aimer ces rondeurs là, les caresser, se moquer des moqueurs, de cette démarche chaloupée et de plus en plus bringuebalante. Que la vie était belle ! Je n'avais que dix neuf ans.

Pour ce qui est de cette période, j'y reviendrai plus loin. Délions une à une les chaînes, chaque chose en son temps afin de continuer le chemin, allégée de mille pensées qu'il me faut laisser glisser de mon esprit où se cachent des souvenirs lointains.

La naissance de ma première fille fut difficile.

Pourtant étrangement, elle ressemblait à la mienne. J'étais encore calme et sereine, comme elle, nichée dans le confinement du ventre de ma mère, de ce si sublime abri constitué de liquide amniotique où l'on nage sans poids ni douleur, piscine idyllique ! Je ne voulais pas sortir de cet éden. Enfin, c'est ma mère qui me raconta cela plus tard, me détaillant toutes les souffrances que je lui procurais, remontant entre ses côtes avec une ferveur contre toute épreuve. Et la sage-femme assise sur son ventre, m'astreignant à parcourir le chemin coûte que coûte, le chemin de la vie, de cette vie imposée. Les hurlements stridents de ma mère réprimandés violemment par les infirmières excédées et mauvaises, m'ont certainement traumatisée, rajoutant une angoisse de plus à cette dure épreuve.

Vint alors brutalement la souffrance de la délivrance (quel drôle de terme non partagé), de l'éblouissement subit par trop de lumière, du froid inhabituel et terrifiant ainsi que ce phénomène violent et paniquant provenant de la première respiration. Souffrances pour parvenir dans un monde inconnu, étant encore frêle, déroutée, tremblante et désorganisée.

Sortir de ce paradis rosacé, il fallut pourtant bien s'y soumettre *in situ*, poussée par des secousses répétées et cadencées dans ce passage rigide, douloureux, trop étroit, afin que mon petit corps soit canalisé vers ma sortie annoncée et obligée. Ondulations fréquentes, pressions pour mon expulsion, résistance de ma chair en explosion ; je veux rester. Au secours ! Je vais à contre-pente !

Certains disent qu'un bébé n'a aucun souvenir de sa naissance. Je n'en suis pas si certaine, ni même de sa gestation ! J'ai, inconsciemment et fortement, eu très vite la sensation, voire la certitude, qu'il fallait en ce monde que je fasse attention. Les fœtus ont une âme, je le proclame ! L'inconscient à mon avis, commence au stade intra-utérin.

Cinquième enfant d'une famille parisienne, arrivée tardivement, puisque mes aînés avaient : sept, six et cinq ans de plus que moi car parmi ceux-ci Bruno et Marie-Christine étaient des faux jumeaux. J'étais l'intruse, l'élément perturbateur pour mes frères et ma sœur. Ma mère me fit entendre très vite qu'il fallait que je sois sans reproches : pas de caprices ni de colères. Elle était bien trop épuisée par cette couvée diluvienne pour en supporter encore plus.

Lorsque j'étais encore en elle, j'entendais sa voix sourde, estompée parmi d'autres plus perçantes, plus fortes et plus fermes ; terrible requiem. Les paroles maternelles prenaient la forme d'une mélopée, me murmurant entre deux ritournelles que je serai différente des « autres » ; quels « autres » ? Que je serai blonde aux yeux bleus et que je serai belle et sage comme une image.

Alors c'est ça vivre ? Être une image, sourire sans cesse, se plier à toute autorité ? En tous les cas, ce fut ça ma vie, ma vie d'enfant.

Puis les cris sourds, perçus dans l'antre charmant de l'enceinte maternelle furent désormais reconnus. Ils n'avaient rien de sympathiques, me laissant perplexe et ne trouvant aucun prétexte à dire quoique ce soit entre aboiements et cris hystériques. Très rapidement un malaise s'installa en moi. Mal de vivre, insécurité, angoisses, perturbations inconscientes mais existantes pour la spectatrice que j'étais me submergeaient.

Des souvenirs j'en ai, des durs et des tendres. Aussi durs que ces pierres qui forment le mur, le mur de l'inconscient, aussi tendres que l'herbe fraîche, herbe foulée avec conscience ; donc confiance. Des sensations, des émotions, des faits que mon cerveau épuisé a bien souhaité laisser me remémorer. De me perdre dans le doute et de vivre ainsi une sorte de lente mort, ceci était le résultat de vouloir à tout prix escalader le mur, de souhaiter regarder la réalité de ma vie en face et de renaître un jour, peut-être…

Ma chambre partagée avec ma sœur que j'aimais tant est mon premier souvenir. Je retiens les barreaux de mon lit et certains parfums subtils. Il se propageait en ce dortoir, l'été, une odeur chaude de paille, due à des stores baissés afin que le soleil vif en cette époque de l'année ne trouble pas la sieste des petites filles.

Je revois l'image du visage de ma mère se baissant tendrement sur mon minois et mes yeux prêts à se fermer pour un profond sommeil. Elle posait délicatement un baiser parfumé et une tendre caresse que je recevais avec volupté et enchantement.

Mes frères et ma sœur étant à l'école, je restais seule avec maman et le calme soudainement me surprenait, le même silence que celui qui revient après une forte tempête.

Lorsque je fus en âge de marcher, tous les matins je l'aidais à refaire le lit conjugal. Elle me demandait une fois la tâche achevée de m'agenouiller auprès d'elle.

Accrochée au mur, face à nous, était suspendue une vierge gravée sur une icône ornementale, placée en plein milieu de cette cloison vide de toute autre décoration. On ne pouvait pas y échapper. Elle nous regardait maîtresse en sa demeure. Son visage avait une douceur indéniable et le bleu pervenche de son regard se mariait à la perfection avec la teinte de sa robe, rehaussée par le blanc franc et pur de son étole.

Nous priions en cœur les mains jointes et à genoux ; c'est ainsi que l'on prie affirmait ma mère ! J'appris vite à me mêler à ces pieuses litanies, et petit à petit, je les savais par cœur. Je ne comprenais pas tout : « les entrailles, mère de Dieu, bénie entre toutes les femmes, pauvres pêcheurs », etc. Il me semblait pourtant que cette coutume était importante, voire primordiale pour ma mère, et que le simple fait que je sois complice de son humble recueillement et de son pieux silence était d'une haute importance. Éducation ? Fusion ? Mystère…

Douce connivence et intense expérience de deux âmes réunies loin des remous de la vie tout en ne le sachant pas.

J'appris ainsi que ma mère était croyante, rien à part ces moments là ne faisait apparaître cet état. Je n'en parlais donc à personne. Je détenais un secret que je gardais jalousement. La voir dans cette méditation si fervente fut pour moi l'aveu d'un besoin fécond de livrer ses douleurs déchirantes à cette écoute spirituelle. Quelques larmes salvatrices parfois roulaient sur son beau visage devenu soudainement si doux. J'avais alors deux mamans : celle qui pleurait en silence et celle qui hurlait à outrance.

Je pensais que cette si jolie dame vers laquelle nous nous prosternions était la seule à lui donner des conseils ou à lui prodiguer de la force, parce qu'à force, même dans son sommeil si profond soit-il, régnaient des doutes qui la réveillaient ; enfin, c'est ce que je m'imaginais.

Aujourd'hui je pense savoir quelle supplication elle formulait devant cette image : comment faire de cette affaire, la plus dangereuse, mettant en péril sa vie et celle de ses chers enfants sans pour autant tout quitter ? Comment sauver cette progéniture ? Oh ! Vierge Marie, pleine de grâce, donnez-nous, donnez-nous…

Je ne savais pas encore ce qu'elle pouvait lui demander à genoux près de sa petite fille ? Je la scrutais ma mère, si lasse. Transfiguration, face inconnue, bien que cet air de manque affectif chez elle, je l'avais perçu dans ma contemplation rituelle, silencieuse et analytique, à l'insu des personnes qui m'entouraient. Ce phénomène se passait surtout le soir lorsque mon père, patriarche en sa demeure, partageait notre repas. Elle, souvent debout servant enfants et mari, la mine triste et résignée et la tâche enfin terminée, se permettait de s'asseoir et de se restaurer. Sa main frêle et délicate malgré les travaux ménagers, parée de l'alliance sacrée et maritale, attendait inlassablement le contact de celle de mon père, trop occupé à mettre de l'ordre en cette tablée. C'est cette expression que je vis tout au long de ma jeunesse, inscrite imperturbablement sur les traits de cette épouse : cet air de demande, presque de supplication. Pas de réponse du côté de son mari, ou à peine un geste de bonté, un peu forcé sous mon regard acéré. Je n'étais pas dupe, je connaissais le jeu de cet être qui me répugnait déjà plus que tout. Au plus profond de moi je m'étais juré que jamais je ne me plierai à une telle humiliation ! Ce serment personnel a guidé mes pas et mes actes tout au long de ma vie.

Ceci me ramène aux repas familiaux. Sept à table, des cris et des rires étouffés, des coups en vache sous la nappe entre mes frères et ma sœur, voilà le tableau. Moi, j'étais alors épargnée, sauf que l'appétit me manquait ressentant la tension nerveuse de mon père et que la catastrophe allait arriver très vite, pire, trop subitement ! Pour pallier mon dégoût devant la nourriture et ceci d'une façon totalement vicieuse, le patriarche se levait, l'œil mi amusé, mi sérieux, et allait chercher dans le placard un tube, un entonnoir et un marteau. Il les déposait devant moi et me disait devant les mines réjouies de certains de mes frères : « si tu ne manges pas, je te mets le tube dans la gorge, la viande dans l'entonnoir et je frappe sur ta tête avec le marteau afin que le tout descende ». Quelle honte, quelle peur ! Le désordre touchait à son comble à table, les petits sadiques y croyaient et espéraient voir ce supplice en direct. Puis, coup classique auquel je m'attendais depuis le début, mon père entrait dans une colère innommable, excédé par cette cacophonie et renversait la nappe et son contenu à terre, voire occasionnellement, il jetait des objets à travers les carreaux. Le tout accentué par une déblatération verbale contre la terre entière, violente et au vocabulaire peu recommandable pour de jeunes enfants bien élevés. Sauvée, je jubilais intérieurement, même si la fin était terrible. Le silence était à son comble, les yeux de ma mère étaient baissés. Priait-elle ? La sentence finale tombait : tout le monde au lit.

Mais quelle misère, quelle horreur ! Je ne connaissais pas encore le gavage des oies, mais je sentais bien sous cette menace barbare une torture inacceptable, inutile et humiliante.

Le soir, calmé, il revenait souvent me dire bonsoir, toujours un jouet nouveau dans ses mains. Je n'en voulais pas de ses jouets ! Mais enfant sage et apeurée, je jouais la gamine comblée. Je ne savais pas encore qu'il n'était pas obligé d'aimer son père ou sa mère.

Dans ma tête je me demandais : « pourquoi tous ces cadeaux pour moi ? Pourquoi pas pour ma sœur ? En l'échange de quoi ? Pour mon silence ? ». Car de celui-ci, il en avait bien besoin ! Besoin de cette discrétion de ma part, ayant été l'observatrice de nombreux actes déplacés de ses propres mains sur de jeunes enfants lorsque ma mère était absente. Bref, trop lourd tout ça, j'en parlerai plus tard, peut-être…

J'en reviens à ma sainte mère. J'étais petite encore, « péquigne » comme disaient mes frères qui imaginaient tout un vocabulaire bien à eux : « biline » pour leurs zizis, « poca » pour ce que vous savez, et autres idiomes de ce genre parce qu'avec maman, il n'était pas question de nommer les noms usuels que doivent dire les enfants à un certain âge, tel que : « caca », « pipi » ou autres vocables. Ce qui eut pour conséquence tout au long de ma vie d'avoir honte d'aller aux toilettes et la hantise que quelqu'un put y percevoir le moindre borborygme.

Pour m'occuper et faire un geste constructif en cette vie familiale surmenée, je l'aidais tant bien que mal à repasser quelques mouchoirs, serviettes et torchons, éléments simples mais nombreux, dégagés enfin de la pile immense et rebutante du repassage. Dans ce temps là, pas de mouchoirs en papier, pas de lingettes ou autres facilités. Maman me remerciait avec chaleur, mais mon intervention était un grain de sable par rapport à tout ce qu'elle avait à fournir au titre des travaux domestiques. Je la revois encore monter les cinq étages, chargée comme un baudet, de plus en plus lentement, soufflant, pleurant presque, exténuée, soupirant à chaque marche, portant au moins dix kilos de victuailles à bout de bras et ceci chaque jour. Parfois, le soir, tard, lorsque je ne trouvais pas le sommeil ou avais fait un cauchemar, j'allais la rejoindre dans la salle sachant quelle cousait sur sa vieille machine dont je tairai le nom, confectionnant pour nous tous les multiples habits nécessaires et réparant inlassablement ce que mes chers aînés abîmaient régulièrement. Aucun souvenir de mon père dans ces moments-là. Etait-il là ? Où ? Encore un mystère, un oubli dans les détails de mon enfance.

Je ne comprenais rien à rien. Pas de rythmes, pas de sécurité réelle, un désordre qui semblait normal aux yeux de tous et même les excitaient, sauf moi. J'étais déjà extrêmement observatrice, effacée, mais tout s'accumulait dans ma tête, introvertie déjà, ayant peur et honte de l'expression verbale. Finalement, sans oser me l'avouer, je détestais cette ambiance délétère.

Combien pourtant j'aurais souhaité secouer ce géniteur encombrant, ne sachant que s'asseoir tel un prince devant son assiette, pensant avoir largement contribué à son rôle de père en cette demeure puisqu'il ramenait le salaire qui nous faisait vivre. Tout en lui m'exaspérait : ses mains sales, son refus de gestes tendres envers ma mère, ses colères qui explosaient tel un volcan en éruption sans pédagogie aucune, ses instruments désuets de torture, instruments dissuasifs plus que persuasifs, sa belle gueule d'italien admirable, son manque de paroles et ses « chut ! » dès que nous osions parler, gesticuler ou rire impertinemment pendant les informations, qui, entre parenthèses, me faisaient faire les pires cauchemars. Enfin, lui tout entier ! L'homme pour moi devint alors cette image de traîtrise constante, de tromperies immondes, de soucis plus que de bonheur, une bête enragée à maîtriser, à changer à tout prix ou bien mourir.

Le coucher n'était pas plus rassurant. Les garçons nous concoctaient toujours avec talent de quoi nous faire peur la nuit entière. Ils se glissaient sous nos lits lorsque la lumière était éteinte et que nos souffles confirmaient un profond sommeil. Alors, nos matelas se mettaient à bouger dans tous les sens, tantôt se levant, tantôt se penchant, nous laissant apeurées ma sœur et moi, réveillées par l'angoisse avant de réaliser la supercherie diabolique de nos frères et d'entendre des rires étouffés et rusés. Puis ils ressortaient de leurs cachettes comme des rats se sauvant des égouts, d'immondes protées, un masque à gaz emprunté au placard des vieilleries, placé sur leurs visages éclairés (raffinement suprême) par une pile électrique dirigée ingénieusement sous leurs faciès de monstres assassins. Ils se sauvaient alors, fuyant nos cris perçants d'épouvante, et la venue soudaine de la « garde » excédée par ce chahut, à n'en plus savoir qui réprimander : les vainqueurs ou les vaincus ?

Avant chacun de mes sommeils je pris l'habitude de rêver à l'amour, un bel amour, et comme je tombais facilement amoureuse j'avais de quoi faire ! Par exemple, lorsque mon cousin d'Amérique venait seul passer un séjour chez nous, je rêvais de lui. Il avait un charme fou. Surtout lorsqu'il sortait de la salle de bains, son parfum me faisait fondre. Jean, lui, il me parlait. Rien que ça, c'était un merveilleux cadeau pour moi.

Plus tard, les soirées se calmèrent par la force des choses. Comme je vous l'ai dit auparavant, nous étions cinq enfants au départ vivant en ce lieu. Ma sœur, émancipée étant partie vers d'autres horizons, mon frère aîné mis bien à l'écart par ma mère dans la chambre de bonne dont nous étions aussi locataires, et mon autre frère Bruno que j'aimais tant s'étant fait émanciper lui de même et fuyant le plus de temps possible ce monde malsain. Mes parents s'apaisèrent. Il ne restait plus que deux enfants réellement présents en cette demeure : Philippe et moi.

Pourquoi maman a-t-elle toujours protégé l'aîné de sa portée en faisant de lui un être indifférent à notre sort et le montant aux nues ? Sans jamais vouloir se l 'avouer, jusqu'à la fin de ses jours, elle en a fait son préféré, la copie exacte de ce qu'elle aurait aimé être ou vivre : son météore !

Il n'en avait rien à faire de moi, j'étais insignifiante pour lui, peut-être même de trop. Son regard restait de marbre et son visage lisse n'avait aucune expression lorsque mon tortionnaire me faisait subir de durs sévices devant lui. Le regard apathique, il ne bougeait pas, statue de pierre frôlant l'indifférence devant ma malchance, la tête toujours penchée sur ses manuscrits médicaux. Il était là, dans son monde ingrat. Seules ses études et sa liberté le touchaient. À ses yeux, je me sentais dépréciée.

Je sais qu'il a dû lui aussi, enfin je le soupçonne, être initié. Il n'en parlera jamais et ça me fait pitié. Il est encore un mur pour moi, malgré ses efforts je suis une étrangère pour lui et fais partie du décor. Mon frère, mon incompréhensible frère a certainement souffert de l'écart que ma mère a instauré dès sa plus jeune enfance entre nous. Il sait très bien que le temps ne se rattrape pas et qu'il est trop tard. Je le remercie pourtant aujourd'hui de tout entreprendre, enfin, tout ce qui est dans son possible afin de me faire comprendre, à sa façon, qu'il m'aime bien. Ce petit garçon avait un drôle de rôle à jouer lui aussi. Le sien était d'être médecin et de faire briller les yeux de ma mère jusqu'à la fin de ses jours.

Elle ne s'en rend toujours pas compte, mais cette jubilation, ce réel cri d'amour qu'elle ne peut retenir encore à ce jour lorsqu'elle le voit arriver, nous entraînent ma sœur et moi vers le néant. Ce manque de considération à notre encontre, pourrait nous faire songer par moment, à quelque mansuétude de sa part envers nous : ses filles.

Maman, oh maman ! Si tu nous en avais donné les moyens, si tu n'avais pas laissé tous les droits culturels à mes frères, tu aurais pu être fière de nous j'en suis persuadée. Nous avions des capacités ma sœur et moi. Pour ma part, j'étais douée et passionnée pour les sciences, en mathématiques cela se passait bien et en français, mon professeur croyait que c'étaient mes frères qui faisaient mes dissertations à ma place tant elles étaient réfléchies pour mon âge. Afin de lui prouver le contraire, je dus en faire une sous ses propres yeux.

Lorsque le moment de l'orientation vint, tu fus convoquée comme tous les parents d'élèves. L'orientation s'avéra être vers la littérature ou les sciences. Tu répondis qu'étant une fille et n'ayant plus assez d'argent pour me payer mes études (mes frères te coûtaient déjà cher), tu préférais que je fasse une école de dessin (j'avais de bonne appréciations sur ce point aussi), et de toute façon je trouverai bien un bon époux qui gagnera sa vie pour moi.

Et allez, c'était reparti de plus belle pour les idées ancestrales ! Malheureusement pour toi, mes études d'arts appliqués te coûtèrent plus cher que tu ne le pensais. Quel gâchis !

Par rapport à mon frère aîné, y a-t-il encore là, dans ton attitude un trouble secret que tu ne nous diras jamais, même pas avant ton trépas ? Parce que je ne t'en veux pas, parce que tu as tes raisons que la raison ignore, cela ne m'empêche pas de t'aimer si fort tu sais ? Je pense que tu n'es même pas consciente de tout ce que tu laisses transpirer dans tes attitudes. Le mal que tu nous fais, tu ne veux même pas l'entendre et tu nous certifies sans cesse que tu nous aimes tous de la même façon. Aimer, oui, certainement, mais apprécier ou en être fière j'en doute quelque peu. Ta haine longtemps ressassée envers la gent féminine est aussi énigmatique pour moi. D'où te vient cette exécration ? Comment aurais-je pu entre mes frères et ma mère être une femme à part entière ? Ce qui explique indubitablement ma façon de m'habiller et de me comporter. Cette répulsion vient peut-être des profondeurs de ton inconscient.

Je repars en arrière.

L'âge de l'école maternelle arrivant, je dus me séparer de ma chère mère brutalement et sans rémission. Je devais avoir deux ans, pas de temps à perdre, il lui fallait que tout aille vite et que nous grandissions à la vitesse grand « V » afin qu'elle eût la paix. Cette paix de la solitude, comme avant, avant que cet homme si séduisant l'eût engrossée sans ménagement. Avant que le malheur ne tombe sur sa pauvre vie. Quatre premiers enfants coup sur coup, dont dans le lot de faux jumeaux, et comble de bonheur, le quatrième ayant attrapé la poliomyélite à dix huit mois je crois. En résumé, des allées et venues entre l'hôpital pour mon frère et l'occupation difficile des « restants » ; ceux-ci ne marchant pas encore. Quel courage maman ! Toi qui viens d'une famille noble avec cuisiniers, domestiques, et j'en passe. Jamais je ne t'ai entendue te plaindre. Pas le temps ? Pas l'époque ? Pas de confident ni d'amie fiable dans ton monde ? Aujourd'hui, je comprends. La fatigue extrême parfois muselle les âmes et les visages. Tu te croyais seule, peut-être l'étais-tu vraiment ? Ta silhouette famélique et ton visage morne auraient dû alerter notre entourage. Hélas, il n'en fut rien.

Revenons à ma première rentrée en maternelle. Je m'en souviens comme si c'était hier ! Tu ne m'avais prévenue de rien, je ne m'y attendais pas. Je me revois hurlant devant les grilles de cet établissement. Je ressens encore le détachement froid et sans concession qu'il y avait entre nos deux mains, la mienne plus accrochée que la tienne. Puis ton regard fuyant, ayant presque perdu toute teinte, regard opaque, vide, regard insaisissable et le mien noyé de larmes te regardant partir vers une nouvelle émancipation, d'autres horizons, d'autres occupations, loin de ma vie et déjà partie vers tes itinérances. Première blessure, première cassure. Ta liberté soudaine me donna l'impression d'une haute trahison calculée dans mon dos, car en ce temps là, on ne disait rien aux enfants. Ils étaient considérés comme des choses insignifiantes dépourvues de raison et de bon sens. En un flash, voyant ta silhouette s'éloigner, j'eus la sensation que plus rien désormais ne serait pareil entre toi et moi.

De cette première école, me restent le souvenir des odeurs de pommes cuites et vanillées, d'un brouhaha pénible dans la cour, mes recherches au début d'un passage me permettant de revenir à la maison, des siestes dans des lits de camp grisâtres, et plus humiliant, le souvenir des punitions sous le bureau de la maîtresse, piétinée lourdement par ses talonnades nerveuses sans considération pour l'élève punie ; honte et dénigrement étaient au rendez-vous.

Pourtant, ce fut là que je craquai pour la première fois pour un garçon. Celui-ci se nommait Joseph. Son visage est resté gravé en ma mémoire. Il était beau, doux, angélique et sa frimousse entourée de boucles bistre me faisait fondre. Je l'admirais de toutes mes mirettes ! En moi existait déjà un amour éthéré, subit et inné.

Et lui ? Je ne me rappelle plus de son attitude envers moi. Déjà touchée par la beauté et la grâce, la pureté et l'innocence, j'avais jeté mon dévolu sur ce fier et bellâtre Joseph ; un point c'est tout ! Je me donnais une bouffée d'affectivité enfin non basée sur le sexe, mais sur mon propre choix net et pur de candeur complète, détachant ainsi sans la permission de personne les sentiments purs aux pulsions animales. Pourtant je lui exhibais mon nombril, était-ce un réflexe ? Une sauvegarde peut-être : « voilà, je te laisse observer cette chose bizarre faisant partie de mon corps, mais rien de plus et encore, tu es chanceux ! ». Seulement, ce déploiement de mon anatomie rameuta toute la cour de récréation et je finissais une fois de plus sous le bureau. Ma mère reçut une plainte à ce propos et me dit que ce n'était pas correct de s'exhiber ainsi. Mais pour moi, quelle était la différence entre montrer mon nombril ou voir malheureusement mon propre père déculotter des enfants sous mon nez ? Des deux, je pensais même savoir lequel était le plus pervers.

L'amitié, la véritable première amitié se pointa en ce lieu aussi ! Petite fille blonde, encore plus blonde que moi, Nathalie défigurée par une tache de vin en plein visage, entra dans le sillon de mes pas. Je pris le rôle instinctif de la justicière que j'étais déjà alors, tout ceci pour la défendre contre l'impitoyable cruauté qu'ont les enfants entre eux. Elle était belle pourtant ! De grands yeux : bleu azur, un sourire d'ange et une gentillesse sans égal faisaient partie de son physique et de son âme. De plus, chose fantastique, elle habitait la même rue que moi dans un immeuble aussi Haussmannien que le mien, juste en face mais deux ou trois étages plus bas (je ne m'en souviens plus). Il était certain que je serai toute ma vie durant sa protectrice, son bouclier contre toute calomnie de toute sorte, sans penser une seconde qu'un jour elle n'aurait plus besoin de mon aide pouvant se défendre seule. J'ai dû parvenir tout de même à garder son affection car trente neuf ans après, malgré quelques années où nous ne sommes plus vues, (changement d'écoles, d'habitations et de cercles de copains), nous sommes tout de même restées des amies. La cordialité et la sociabilité m'ont aidé à supporter le fait que ma mère était bien partie tous les jours, et je me pliais enfin à ce phénomène, au début, inexplicable pour moi.

Terminées les méditations mère-fille, finis les espoirs qui brillaient, oubliés les prières et les souhaits fervents. Envolés aussi les bisous du réveil, longuement posés sur ma peau d'enfant, ma chambre devint vite un lieu vide et menaçant.

Mon père avait pris le relais, venant me dire bonsoir avec ses petits jouets qu'il m'offrait, ses présents dont je sus plus tard qu'ils étaient des conditions pour obtenir mon silence, comme je l'ai écrit au début de cet ouvrage. Donc, des accords, pas vraiment de l'amour...

L'école communale me fit évaluer, hélas, l'ampleur de ce silence. Le cafard est entré dans ma vie à partir de cette période là, gros insecte noir, rongeant mes heures avec ténacité. Le lieu où je devais me construire était un grabat déstabilisant.

En ce temps là, notre jour sans scolarité était le jeudi. Afin que ma mère fût encore plus délestée de ses charges, je suivis mes frères et ma sœur au patronage du quartier. Quelle horreur ce bâtiment ! Gris, immense, froid, lieu de débauche pour les adultes, prison interlope, invisible arantèle où des parents catholiques dans l'âme nous confiaient : confiants. Lieu d'intimes blessures pour les enfants. C'est là pourtant que nous aurions dû nous élever et ceci sans peur, la main des « grands » censément dans la notre.

Le catéchisme fit son apparition, mélange diabolique entre les belles paroles et les gestes déplacés des prêtres qui nous l'enseignaient. Paroles religieuses, certifiées pures et pieuses, récitées vite fait par ces hommes de peu de foi aux mains baladeuses. Même si ma foi restait en moi, la croyance en l'homme, je perdis !

C'est aussi à cette période que je vis les plus terribles actes de mon père sur des enfants qui étaient parfois mes propres amies. Où était ma mère lors de ces moments là ? Il y a des scènes particulièrement pénibles qui me reviennent depuis peu, aux images précises. Une victime apeurée était avec mon père dans la salle de bains et je revois tous ses actes abjects mais je suis encore incapable de mettre un visage sur l'enfant sali ; était-ce moi ?

Mais j'y retournerai plus tard, je vous avais prévenu, tout me revient en vrac et cet écrit m'est parfois pénible. Bien souvent je recule, un recul devant l'inconscient qui se faufile parfois, et discrètement, comme surgiraient les étoiles à la tombée de la nuit, ce phénomène d'oubli me surprend. La peur aussi de poser des mots sur mes maux me paralyse.

Voilà donc mes premiers pas, premiers balbutiements, banale réminiscence d'une enfance au départ chérie, désirée puis malmenée et oubliée, faisant partie d'une fratrie plutôt agitée et particulièrement douée pour se faire punir.

Mes frères, surtout le premier et le dernier ne se privèrent pas de me mettre très vite au pas. Pas militaire de l'autorité suprême des aînés déjà présents. Avant même que je sois bien campée sur mes petits pieds : crêpage de cheveux lorsque j'étais dans mon parc, paroles directives lorsque je pleurais, du style : « tais-toi gourde ! », ou encore : « ne fais pas ta fille ! ».

Lorsque j'avais à peu près six mois, à la montagne où nous allions chaque été, confiante, heureuse et naïve, un jour ils m'embarquèrent pour une promenade en brouette. Enfin ils s'occupaient de moi ! Ils voulaient me donner un peu de leur gentillesse et de leur attention. Mais la promenade tourna vite au cauchemar car ils versèrent le paquet trop encombrant dans un fossé comme un vulgaire tas de fumier. Meurtrie par les ronces et les orties hostiles, par les multiples galipettes sur les pierres, j'hurlais à en perdre haleine, envahie par la honte, la douleur et la peine.

Dès ce jour précis, ma confiance en eux devint dépréciative. Je me sentis alors en danger et très fragile. Je perdis aussi, inconsciemment, mon identité d'être humain. Mon « moi » tomba dans un abîme sans fond, des eaux abyssales.

Ce geste lorsque j'y repense aujourd'hui, voulait exprimer tant de dédain et de non respect vis à vis de moi que ma vie en a été très certainement changée, si tôt ! Il est étonnant que tous ces souvenirs m'arrivent aujourd'hui ; fouiller l'inconscient est parfois lourd de sens et de tourments.

Ma mère a dû venir à mon secours, je ne me souviens pas de la suite. Seules restent les images fortuites des films ou des photos de mon père, qui sans amour préféra figer à vie tous mes petits moments de supplices plutôt que de sauver son enfant des griffes des plus grands : ses propres fils. Ah cela devait être drôle, en effet, de voir cette petite boule de chair qui virait, volait dans les airs, faisant tout en pleurant mille cabrioles !

Pour lui je pense que je n'ai jamais vraiment existé. D'ailleurs était-ce bien mon père ? Tant de différences avec mes frères et ma sœur étaient frappantes. Aurais-je été une pièce rapportée ou le fruit d'une passion cachée ? Tous grands, bruns aux yeux noirs, à part ma sœur qui a les yeux verts, tous ayant le même regard : bien italien, tous venus au monde bien avant moi arrivée sur le tard ;

loin, trop loin de leur histoire. Et cette date de ma conception que ma mère m'a livrée avec certitude plusieurs fois ? Que s'était-il passé d'extraordinaire dans sa vie pour que cela l'ait marquée de la sorte ? Ce secret, jamais je ne le percerai car elle persiste à me jurer que mon père est bien mon père. Comme elle me jure encore qu'elle ne savait rien des agissements de celui-ci ; ce qui est faux. Cette certitude me vient grâce à des indices bien réels ceux-là : le premier fut la confession de ma marraine me disant que maman lui aurait confié un jour : tant que mon père ne la trompait pas avec une femme, cela lui était bien égal. Mon Dieu, se rendait-elle compte de ce qu'elle disait ? Les autres certitudes viendront plus loin dans ces écrits.

Tout au long de ma jeunesse j'ai entendu que je ne relevais pas de leur fratrie. Ma mère conservera son ultime silence d'alcôve en paix. Que j'aimerais pourtant entrer sans fracas dans son jardin jonché de roses, énigmatique et bien gardé, bien ancré dans sa tête et dans son cœur. Discrète, je pourrais enfin renaître, ne plus être « le » cas !

Je veux revenir à la période où j'étais à l'école communale (la même que celle de mes frères et sœur). Un souvenir sympathique parmi d'autres plus humiliants me revient.

À l'école je faisais parfois tout ce qu'il fallait afin d'être punie par ma maîtresse, car dans ce cas, elle m'envoyait systématiquement dans la classe de ma sœur. C'était pour moi un véritable bonheur, une chance inespérée, et pour elle aussi ! Lorsqu'elle apercevait ma petite frimousse radieuse déboucher dans sa classe, elle me regardait et me lançait une œillade coquine. C'était notre terrain à nous, nos regards complices se croisaient, elle avait l'air de me dire : tu vois, là je suis bien ! Et ça me rassurait de la voir enfin heureuse parmi ses amies. Plus de mère en furie rentrant violemment dans notre chambre pour la tabasser, bien loin de nous ce traumatisme, que des copines et le calme retrouvé.

Par contre lorsque je sortais de l'école, mon père m'attendait souvent avec ma chienne. La première fois, j'ai cru enfin que je l'intéressais et qu'il venait pour moi. Puis sans même m'embrasser, il prenait une ou deux de mes camarades sous ses bras et avançait ainsi, me laissant seule derrière. C'était son piège. Ma chienne et moi formions le lien afin de tisser la toile de l'araignée machiavélique dans laquelle se trouvaient piégées les pauvres gosses subissant ses ignominies. C'était en cette période là précisément, et pour longtemps, que j'appris le sentiment de jalousie, la méfiance et une aptitude à refouler mes douleurs. De plus, dans ma classe mes camarades m'appelaient « la fille à papa ». Enfin, seules celles qui ne prenaient pas le même chemin que nous. Si elles avaient su la vérité, le fait que je n'étais pas du tout une fille à papa !

Mais malheureusement, elles ont su. Certaines petites filles, choquées par les baisers un peu poussés, volés à la sauvette par mon « bellâtre » de père, ont craché le morceau et les chantages envers moi ont suivi. J'ai tenté d'en parler à ma mère, mais sa réponse fut claire et nette : « cela ne te regarde pas ! ».

Ces souvenirs ne sont pas du tout inutiles. Ils m'apprennent aujourd'hui combien les actes de ces personnes malveillantes et dérangées peuvent casser la jeunesse et l'avenir des enfants pris dans leurs pièges. Honte à eux ! Mais avant de parvenir à dire cela, il en faut des années, car c'est l'enfant qui a honte avant tout, et hélas, pour longtemps. Le temps d'être capable de s'échapper de la toile savamment tissée autour de lui, d'arracher ces faux liens d'affection qui le neutralisent, ce lavage de cerveau ne laissant plus de place au raisonnement sain et serein. Il me vient en souvenir une parole d'un de mes premiers amoureux : « tu es la seule personne que je vois chanter (je chantais tout le temps pour ne pas hurler) et qui semble en même temps avoir comme une blessure au fond de ton regard ». Il avait tout compris sans en savoir la raison.

Heureusement, notre magnifique chien, s'associant à ma solitude : un boxer bringé, se nommant Farah, complice de mes chagrins, de mes peurs et tant fidèle, rassurait mes moments rebelles. J'adorais les animaux, doux remèdes à mes maux. Aussi perdue que moi face à ce tumulte pêle-mêle, nichée le plus souvent au creux de mon lit, celui-ci enfin allégé de ses barreaux, elle me serrait entre ses pattes tendrement et un bonheur inexprimable montait en moi ; bonheur immaculé ! Sa chaleur et son amour tous deux conducteurs, son regard presqu'humain de bon chien, son odeur ressemblant à celle de mon nounours lapidé par mes frères, cet ensemble me rassurait et m'apprit l'amour roi : celui qui donne et ne demande rien en échange.

Un autre compagnon de misère était un splendide chat chartreux, portant dignement un pelage gris perle ainsi qu'une paire d'yeux immenses, de couleur perse et de forme aveline. Ce n'est pas compliqué, mon lit était une grange, une bienveillante niche. Lui, pour me réveiller, il avait une fâcheuse habitude de me mordre le nez. Mais à part cela, il était un ronron ambulant.

Ce petit monde m'apportait un réconfort inestimable face au naufrage de ma jeunesse et de mes espoirs. Ils ont fait partie tous les deux de mes secrets et de mes jeux, pourvus chacun de leur nature simple et bon enfant.

C'est avec mon chat nommé Moumoute, joueur et malicieux que je m'amusais le plus ; je me déchaînais. La posant délicatement dans une boîte de fortune en carton, attelée d'une ficelle, je la promenais (un peu moins délicatement) autour des meubles de la salle ; quel jeu ! Combien nous étions heureux, elle courant comme une folle afin de rattraper son embarcation, moi riant à en perdre haleine observant ses pitreries burlesques et agiles. J'étais admirative devant tant de souplesse. Elle gagnait toujours. J'avais beau foncer à toute allure, elle me rejoignait avec brio, beaucoup plus féline que moi, pauvre être humain malhabile ! Il ne me restait plus que la ferme intention d'obtenir une victoire future. Fatiguées toutes les deux, repues de joies juvéniles et ludiques, nous nous reposions, elle entonnant sa petite musique, son ronron profond, apaisant, lovée dans le creux de mon cou, et moi m'endormant abattue. C'est très probablement pour cette raison qu'aujourd'hui, au grand dam de mes filles, je me contente avec joie de la compagnie animale. Avec eux, pas de traîtrise, pas de controverses, que de l'amour partagé ! Oui, ils sont mes enfants, oui je leur pardonne leurs minimes fautes comme ils me pardonnent les miennes : manque d'attention parfois lorsque j'écris ou quand il y a du monde.

Sans la présence affectueuse de mon chat, à ce jour, je ne serais plus rien. Je les aime tout autant que vous mes enfants, mais différemment. Simplement ils sont plus souvent présents dans ma vie de tous les jours. Oui, je considère mon compagnon à quatre pattes comme mon gosse.

Silence.

Comment faire ? Comment trouver l'air, en quelques lignes, l'air pur des souvenirs heureux ? Je désespère. Comme s'il n'y avait que ceux-là qui pussent vous offrir le masque. Le masque des gens normaux, la norme de l'ordinaire, l'ordinaire du sourire et du bonheur affirmés. Je ne suis pas ordinaire ! Je suis le chat qui se mord la queue, la queue du chien qui frappe le chat. Mes souvenirs sont des lianes qui me serrent le cœur, telle une camisole de force. Il me faut un effort presque surhumain pour ne pas faire pleurer la planète en racontant tout et pour retenir certaines paroles, afin d'éviter le pathos.

Je fus et suis encore celle que l'on prend puis que l'on jette, celle que l'on rend ou que l'on prête (non, çà c'est terminé heureusement !).

Jamais je n'ai été préservée. C'est moi qui priais, moi qui hurlais dans le noir au secours. Voir ou entrevoir, subir ou voir venir le coup fatal, celui qui ne s'oublie pas ! Ne rien comprendre, mélanger les bonheurs avec les malheurs, assister aux gestes surpris, sales et douteux, douter de pouvoir grandir un jour, douter encore de devenir adulte, ne surtout pas leur ressembler, qu'ils soient tristes, lâches ou pervers !

Moi, petite enfant de la terre, je n'ai su que faire de ce fardeau : celui-ci même que vous avez placé sur mon dos, sur mes menues épaules. Je ne suis ni une fourmi, ni une bête de somme. Encore aujourd'hui votre chargement est lourd sur mon corps. Oui vous m'avez eue près de vous, de toutes mes forces je vous ai soutenus, servis aussi, je me suis tue, je vous ai portés sur mes épaules munies d'ailes d'anges invisibles, brisées par cette fange, me laissant dans un monde étrange. Je ne comprenais plus pour qui, pour quoi existait tout ce désordre ? Était-ce bien ? Était-ce normal ? Était-ce mal ? Ces plaisirs volés, obligés, humiliants, pratiqués par des adultes ou des enfants avertis, des grands qui auraient dû être naturellement plus sages, qui auraient dû nous offrir de bons exemples : la sagesse, le respect de son prochain et la bonne conduite ; logiquement ! Et ce secret que je devais taire, taire à ma mère, à ma sœur, à mes frères ; tout le monde savait, personne ne parlait. En ce temps-là, les gens ne disaient pas ces choses là.

Plus tard, je compris ; trop tard ! La douleur morale s'était insérée si profondément qu'aujourd'hui encore j'en garde les stigmates. La peur n'est pas, hélas, une maladie qui se soigne par des traitements synthétiques, mais elle peut s'estomper par un travail lent, pesant, si toutefois l'on veut vraiment s'en défaire.

Restent les souvenirs, bien planqués dans les tréfonds de notre raison, à nous, tristes victimes s'étant crues responsables bien trop longtemps. Ils laissent en vie les plus résistants d'entre nous, cassant petit à petit les plus faibles, les gardant sagement dans une lente et grandissante dépression, jusqu'au funeste silence. Je faisais donc partie des endurants, résistante et confiante en ma conscience, boucles blondes, yeux perses légèrement bridés, silhouette fluette presque famélique, mais la haine et la rage en mon âme, les mêmes réactions virulentes qui transpirent dans chacune de ces pages. Rage de l'expression enfin permise, rage de l'oubli et du mépris !

Je suis l'eau qui dort, voilà, vous le voyez je peux passer de mes rêves les plus paisibles à mes pires cauchemars. C'est ainsi qu'ils m'ont laissée et toute ma vie sera basée sur leur bon vouloir me laissant dans un couloir aux murs immenses qu'ils ont fondés afin que, jamais, je ne puisse m'échapper.

Chaque détail sera décrit, tel un peintre s'acharnant à faire ressortir le plus minime élément sur sa toile. Voile de sa raison, voile de ses passions à en devenir fou.

Ce sujet m'épuise : les souvenirs ! Je voudrais tous les oublier et qu'ils m'oublient aussi. Mais c'est plus fort que moi, je m'acharne afin de trouver la sortie, perdue dans le labyrinthe des maux et des mots. Il m'en aura fallu du temps pour au moins les exprimer !

Désordonnés, je vous les offrirai telle une autiste, une handicapée, une artiste déséquilibrée marchant sur un fil et cherchant le point de gravité afin de ne pas tomber. Vous me voyez perchée sur ce fil tendu, tricoté à la perfection par la main experte de la destinée ? Sourire franc et épanoui aux lèvres, peur aux tripes et pourtant certaine de sortir un jour de ce chemin filaire !

Je n'ai jamais été aussi enfant que maintenant, et j'ai pourtant franchi une partie du mur. Ce mur me cachant des murmures lointains et des fêlures du passé. Pour vous je veux bien y retourner derrière cette paroi, car je suis certaine que mon chemin peut éclairer d'autres parcours, inciter des personnes blessées à aller au-delà de leurs souffrances. Derrière ces torpeurs, se cachent en effet des murmures et des fêlures.

Mais y revenir risque de me faire délirer, prise d'une fièvre puissante, irraisonnée et incontrôlable, puisque cette construction surréaliste m'empêche d'aller puiser la clef de mes souvenirs d'enfant, assise sur la margelle de ce puits sans fond, et de ce que cela a dû entraîner dans ma vie d'adulte ; justement.

Et puis oui, je me souviens de tout. Enfin, tout ce que l'inconscient veut bien m'offrir. Oui je me lâche, me détache de mes liens, certainement je me rabâche ! Lorsque l'on entreprend d'aller au fond de ses douleurs passées, il n'y a pas de règle ni de plan. Les images vous arrivent comme dans un caléidoscope, la solution finale de ce combat approche certainement en ne laissant aucun frein, aucune forme littéraire pour m'entraver dans ce difficile chemin qu'est la renaissance. Alors, je repasse mes souvenirs à coup de larges brasses dans le grand bassin où nagent les poissons malsains de mon passé peu commun, mêlés aux herbes aquatiques tantôt me caressant, tantôt me brisant.

Je vous ferai cadeau des plus beaux souvenirs, ceux qui arriveront à flot et je sous-entendrai les plus durs si ce n'est déjà fait. Mais toujours affublée de ma lourde armure, je ne développerai pas forcément mes premières fêlures parce que trop de souffrances pèsent dans la balance entre l'intellect et la conscience.

Ce livre sera rédigé sans structure, à chaque thème : un emblème, à chaque sonorité : un blasphème. Vous serez entraînés par cette musique au rythme saccadé, vibrant entre le doux déferlement de la mer et le profond roulement du tonnerre. Je ne vous emmène nulle part, car la partition de ma vie ne m'a menée encore nulle part…

Silence.

Alors, au royaume de ma folie, au sommet de ma survie, vous me maudirez tous d'avoir osé écrire mes délires, mais vous m'aimerez peut-être, paraissant pourtant plus humaine que tous ceux qui se taisent. « Bienheureux seront les petits au royaume des cieux ! », alors soufflez fort sur moi, si fort que je parte de cet univers et qu'enfin le royaume des enfants brisés m'ouvre ses portes.

Que vos critiques m'assassinent, qu'elles me poussent à renoncer à la parole ; ma parole, à l'expression et toutes ses conventions, à ses règles rigides et bornées. Mais trop tard, ce sera fait, je serai peut-être libérée grâce à ma persistance ainsi qu'à mon acharnement. Là peut-être, éberluée devant vos bouches médisantes ou fascinée par votre reconnaissance, je renaîtrai lavée de la souillure de l'inacceptable. En tous les cas je vous aurai prévenus et j'aurai suivi ma tâche primordiale en ce bas monde : celle d'attirer l'attention sur l'essentiel de l'équilibre affectif de l'enfance. Sauvez les enfants car ils sont nos futurs adultes ! Prenez garde à vos gestes ou vos paroles ; ils peuvent être dévastateurs. Croyez-moi, je sais de quoi je parle, et hélas j'entends encore trop de fois des propos écrasants du style : « tu es trop gros, trop maigre, tu ne feras rien de bon dans la vie etc. ». Nous sommes tous bons à quelque chose puisque nous sommes vivants. Ne les touchez pas autrement que poussés par une affection pure. Dites-leur le plus vite possible que leur corps n'appartient qu'à eux, que personne n'a le droit de s'en servir. Et puis, laissez-leur la parole, le droit de ne pas être toujours sages ; le sommes-nous ? Apprenez-leur plutôt à savoir ce qu'est la véritable sagesse : celle du cœur et de l'âme ! Faites tout cela parce que je n'ai pas su le faire face aux « grands », aux plus forts que moi, parce que muselée, encombrée et meurtrie.

Ce n'est pas Madame Françoise Dolto qui m'apprit à crier de la sorte, mais c'est grâce à elle que j'ai réussi à entrevoir le véritable sens du désamour et à me sentir soudainement : blanchie. Merci Madame pour cela.

Silence.

Qui aura un jour l'audace ou le courage de mettre enfin en place l'anathème des prêtres ou des diacres pernicieux ?

Voilà, je vous le dis, je me souviens de vos noms, de vos visages congestionnés par votre vice démoniaque, de ceux aussi, malheureux, tristes et blafards, marqués par trop de traumatismes ou trop de tracas, par trop peu d'amour dans leur vie ou si mal offert. Ils sont étranglés par ce fameux silence, silence de misère, silence obligé par la peur ou par humilité, enfin, pour fuir la honte pointée par des mains gantées, des mains qui se croient plus propres que les leurs : nues.

Ah les souvenirs, les beaux souvenirs ! Des couleurs, des odeurs, des rumeurs, des violeurs, des erreurs, des cauchemars venant sans cesse hanter mes nuits, tels des revenants malveillants. Oui, je me souviens de presque tout, voilà je vous le dis !

Avant de conter mes souvenirs en forme de perles rares nichées dans des coquilles d'huîtres bien fermées, je souhaite vous décrire mes croustillants et incessants cauchemars d'enfance ; j'en éprouve le besoin.

Le pire est celui où je montais les escaliers, et arrivant à notre palier, essoufflée et heureuse d'y être enfin parvenue, je sonnais. Un bourreau habillé de blanc, calme, m'attendait en souriant, immense, portant à la main une hache bien tranchante et reluisante. J'avançais soumise mais la peur au ventre et posais sagement ma tête sur le billot. Je pouvais voir la machette se lever, puis au moment de la mort fatale, je me réveillais. Le sens de ce terrible rêve est aujourd'hui pour moi tout à fait explicable. Bien sûr, mon logis était un lieu de danger et je m'y soumettais. Malheureusement à cette époque là, le chemin de la compréhension et de la reconstitution n'était pas entamé.

L'autre, moins choquant mais persistant aussi, était celui où je me penchais dans la cage des escaliers de notre immeuble au cinquième étage. La vue du sol me happait, m'attirait, puis lourdement je tombais et cette chute me semblait interminable. Juste avant mon atterrissage sur le sol, qui se faisait étonnement en douceur, là aussi je me réveillais. Je ne me doutais pas encore que la descente serait longue, mais que, en effet, la résultante serait plus douce et bien plus tard.

Ces rêves en disent long. Si j'en ai compris le principal, alors ils voulaient me faire entendre que de l'autre côté de la porte existait l'insupportable et qu'il fallait que je me sauve avant de tomber et de mourir. Que cette vie aussi, j'étais seule à l'assumer et que personne d'autre que moi ne détenait la clef. Il y aurait beaucoup de réactions futures à en conclure grâce, si je puis dire, à ces rêves morbides et sur leur inlassable perpétuation tout au long de ma petite enfance. Aujourd'hui heureusement, après de longues années de réflexion, de leçons de vie et de psychothérapies, ces rêves pénibles je m'en suis débarrassée. Par quel miracle ? Ne plus se réveiller en sueur, tremblante et apeurée, avec l'appel au secours que j'articulais sans qu'une seule corde vocale me permît de sortir le moindre son, de ne pas réussir à appeler maman et qu'elle ne m'entendît pas, m'a allégé d'un poids lourd, d'une écrasante camisole. En pensant aux cris de ma sœur battue et à ceux de mes frères, qui, insupportables peut-être pour ma mère, ressortaient leurs têtes qu'elle plongeait dans l'eau du lavabo, hurlant, voire, crachant le pardon attendu par leur « fureur » de mère (c'est ainsi qu'ils la nommaient : « fureur »). Pardon de quoi ? Il y avait certainement une raison dans cette traumatisante façon de calmer l'émeute mais je pense que les nerfs de notre mère étaient tant atteints qu'elle ne se contrôlait plus.

Maman, comment te juger ? Seule, face à tous ces problèmes, comment savoir si quiconque aurait agi autrement ? J'ose espérer que oui, si tout au moins quelqu'un ou quelqu'une serait venu te parler et te comprendre, t'aider à entamer des démarches afin de fuir notre destin détruit à jamais ! J'entends encore les gens s'exclamer : quelle belle famille vous faites là ! Et moi je me disais : mais personne ne voit ? Personne n'entend ? Qui viendra à notre secours ? Qui nous débarrassera de ce père et de tout ce réseau de fous furieux ? Je n'avais pas la réponse.

Plus tard, je sus que mon père avait échappé à la prison, (une mère de la paroisse dont l'enfant avait signalé son triste sort avait porté plainte). Grâce au poids moral que possédaient les prêtres à cette époque-là ainsi qu'une grosse somme d'argent qui servit de caution versée à la justice par mon parrain afin de protéger les enfants que nous étions alors, il fut rescapé, libre des barreaux mais hélas non guéri pour autant. L'honneur de la famille était sauf...

En tous les cas, moi je t'aime maman, même si, souvent, je t'ai maudite, tout particulièrement le jour où j'ai voulu t'alerter du danger qui nous frôlait et où tu m'as répondu, froidement : « cela ne te regarde pas ! ».

À ce jour, je pense que tu as eu ton tribut de souffrances et que tu as bien le droit à un peu de repos. Je pense aussi que ta conscience parfois se réveille mais qu'elle t'effraye. L'insupportable sentiment de nos propres fautes, de nos erreurs justifiées ou non ne doit pas être critiqué par autrui car nous sommes tous des pécheurs un jour où l'autre dans notre vie. Pour ce qui est de mon père par contre, je relate simplement les faits ; même si, parfois, mes paroles sont des cris.

L'amour a été mon cheval de Troie, l'écrin de ma force.

Comme l'écrit si bien Emile Leballais dans son livre « Regards croisés » que j'ai lu avec un immense plaisir et ceci en une nuit : « Exigeant, égoïste ! Je le suis peut-être, mais amoureux, oui, trop ! C'est quoi l'amour ? Une violence ! Une priorité ! L'essentiel ! ».

Le seul pardon que je n'ai jamais vraiment accordé, est celui qui serait revenu à mon père ainsi qu'aux autres malades qui faisaient tourner la danse macabre de nos vies. Pourtant, à l'heure de sa mort, plus tard, une fois adulte et responsable j'ai suivi son agonie. Tous les matins je partais de chez ma mère à pied pour aller le retrouver. L'hôpital se trouvait pourtant à plusieurs kilomètres de chez elle et ma condition physique était déjà bien atteinte. J'étais la seule à supporter l'odeur de décomposition qui émanait de son corps. Était-ce la haine ou l'amour qui me concédèrent cette force ? Entre les deux où est la frontière ? J'ai cherché son regard et il m'a fui comme la peste, jusqu'à son dernier souffle. Je me suis battue afin d'entendre son pardon, de surprendre un geste suppliant mon absolution, une attention, mais rien ! Je lui disais doucement : « ne t'inquiète pas, moi je te pardonne, tu aurais dû être soigné mais personne ne t'a arrêté dans ta folie, et blablabla et blablabla... ». J'en étais parvenue même jusqu'à supplier les infirmières d'abréger ses souffrances, me mettant contre mon propre frère, qui, médecin, ne pouvait accorder cette faveur, même pour son propre père. Mais tout au fond de lui quelle est la cause qui le guidait réellement vers ce choix ? Le serment d'Hippocrate je suppose... Pourtant, au moment des funérailles, pour la première fois, j'ai vu ce frère si mystérieux pleurer en lisant le petit texte qu'il avait rédigé pour notre père. L'heur d'avoir été éloigné du malheur de nos vies, nous les minots l'encombrant jadis n'avait pas dû le toucher. Pas de pitié ou de fausse pudeur envers nous, pas de reconnaissance, jamais.

En relisant toutes ces pages, je comprends pourquoi, toute ma vie d'adulte n'a été construite que sur des échecs. À vouloir être la lumière, l'unique lumière de l'être aimé, on se casse les dents et le cœur. De cela, j'y reviendrai plus loin ; peut-être...

Je m'en retourne vers mes bons souvenirs.

La nature, oh la nature ! Loin des blessures, si proche de mes convictions, elle était mon refuge et ma plénitude. Dans ma vie, toujours, j'ai eu les yeux attirés par ce que la terre m'offrait. Détailliste dés mon plus jeune âge, rien ne m'échappait, pas le moindre détail. Les nervures franches des troncs d'arbres, puissantes et remplies de sève, formant des formes fantastiques, puis cette pluie ruisselante sur leurs tendres feuilles. Les couleurs géométriquement placées et magnifiquement dessinées sur les ailes des papillons, les sagines odorantes et oseraies sauvages poussant dans les parcs, l'azur des cieux les jours de beau temps. Les forts contrastes de lumière juste avant un orage parisien bien frappant, les pavés multicolores et scintillants après la pluie, une glycine courant insolemment sur les vieilles pierres de quelques maisons cossues des beaux quartiers de Montmartre. Enfin, tout ce que certains ne voyaient pas et que je dénichais par instinct ou par curiosité. La vue et l'observation furent aussi mes bouées de sauvetage. Très vite, j'ai eu un appareil photo entre les mains et je mémorisais sur pellicule sans cesse tout ce qui attirait mon regard. C'était comme une drogue. Ne rien perdre pour regarder et garder ces trophées volés à la sauvette lorsque mon cœur était en berne.

Où sont partis ces clichés si chers en mon cœur ? De toute façon lorsque j'ai quitté la maison familiale (dernière enfant vivant en ce lieu), ma mère a donné, vendu ou jeté toutes nos affaires. Était-ce une façon pour elle d'oublier ? Je peux mieux le comprendre et omettre mon amertume aujourd'hui. Je sais ce que représente une maison vide, soudainement devenue calme, trop calme. Tous ces souvenirs emplissant ton cœur au fil du temps de blessures profondes, irréparables et insoutenables. Tes enfants décédés et d'autres vivants mais partis, mais comment ne pas voir tous ces objets de gamins sans ressentir un coup de poignard dans ton cœur ? Je sais maman, je crois, tout au moins perçois combien a été terrible ton chagrin. Il y avait de quoi devenir fou à lier ! Tu allais être seule auprès de ce mari que tu n'as jamais aimé et qui ne t'a jamais aimée non plus. Tu avais déjà perdu un fils et vu partir un à un les suivants pour une autre vie, envol naturel d'une couvée, la maison vide de tout bruit, de toute présence ! Le fait d'ôter de ta vue ces quelques babioles fut peut-être ton ultime thérapie contre le désespoir. Ce petit chien que tu t'es offert, très vite, a été aussi ton sauveur, ton enfant retrouvé. Du haut de ma jeunesse, de mon manque certain de recul et de mon incompréhension, je te trouvais ridicule, gaga, et n'aimais pas vraiment ce petit toutou qui te prenait toute l'affection que j'ai recherchée longtemps en toi. Un jour pourtant, ayant dû garder ton caniche le temps que tu fasses des courses, j'ai vu, je vous le jure, des larmes couler des yeux de l'animal et entendu une longue complainte inconsolable.

J'ai depuis ce jour-là compris votre relation vitale entre vous deux. J'ai aimé et respecté alors ce petit chien.

Reste tout de même la perte de mes souvenirs : ma boîte à secrets, elle était assez grosse, gris marbré avec des fleurs dessus, remplie de petites choses insignifiantes mais importantes pour moi. Elle avait aussi une serrure et une petite clef. Mes jouets dont cette poupée sur laquelle je pleurais souvent parce qu'elle n'était pas vivante, petite baudruche inerte que je ne pouvais hélas pas préserver, élever et choyer car j'étais pressée d'être mère, dans quels bras est-elle partie ? Que sont devenus mes collections, mes cahiers scolaires, mes livres et tant de petits « bidules » qui faisaient partie de mon enfance ravagée ? Même mon coffre à jouets fut offert à mon frère restant, il y a peu d'années. Là encore je n'ai rien dit. J'aurais dû me défendre, remettre ma mère à sa place et récupérer mon bien ! Mais le souhait de maman était incontestable et je le savais bien. Était-elle consciente seulement que ce coffre avait une énorme valeur sentimentale pour moi ? De toute façon, celui-ci ayant une valeur familiale puisque c'était le coffre de mes aïeuls du temps des colonies, il était évident que ce fût mon frère qui en bénéficiât. Si elle pouvait décrocher la lune pour lui, elle le ferait !

Chaque été, nous allions dans le Valromey où mes parents louaient des maisons auprès de celle d'un couple d'amis qu'ils côtoyaient à Paris. Ceux-là, ils étaient biens, sains, pleins de vie, élevant quatre enfants dont les plus jeunes étaient mes copains d'enfance, et ils aidèrent mes parents à acheter, plus tard, une vieille mais belle demeure à Belmont, petit bourg près de leur maison de vacances.

Maman restait sur place pour s'occuper de nous et mon père, travaillant sur Paris entreprenait des allers et retours afin de continuer sa profession, entre autre, je suppose. Il était métreur et, étant à son compte, il pouvait gérer son temps comme bon lui semblait.

Quand je repense à nos vacances là-bas, c'était un réel bonheur. Mais maintenant lorsque je songe à tes longues vacances, maman, mon Dieu que cela avait dû être dur ! Entre les repas (bien souvent mes frères invitaient des copains et moi, des copines ou des cousines), la vaisselle, l'éducation, le ménage, les courses, enfin tout ce qu'une mère seule doit assumer, ce n'était pas vraiment du repos pour toi mais un véritable calvaire ! Sans compter tous les travaux qu'il a fallu entreprendre dans cette maison, mon père aidé par mes frères et leurs amis, passait son temps à cette tâche puis repartait à Paris, loin de toi et de ses garnements.

Des montagnes nous encerclaient, tantôt sombres, tantôt éblouissantes, parfois terrifiantes et certains jours soudainement étincelantes. Elles nous offraient des lieux de jeux d'enfants les plus simples mais les plus captivants. Des roches à escalader, des bois à découvrir aidés par nos copains du coin, des fruits sauvages qui nous rendaient parfois malades, des lianes que nos amis nous apprenaient à fumer jusqu'à en vomir (ça les faisait jubiler d'observer les Parisiens soudainement moins « pompeux »), mais il fallait bien agir comme eux, c'était une question d'honneur, une sorte d'étape à franchir afin de faire partie de leur clan !

Je vivais des jours heureux, comblée par cette liberté et les rapports de plus en plus attachants avec ces enfants de la nature. Les odeurs de fumier, de musc, de bouses de vaches ; rien ne me dérangeait. Nous mettions la main à la pâte et participions au ramassage des pommes de terre, aux foins et diverses corvées sous un soleil de plomb et des champs interminables et pentus. Ainsi nous gardions l'estime tant importante envers ceux que nous aimions. Le plus drôle était le retour de ces travaux, tous perchés sur le char qui transportait le précieux butin, attelé par d'énormes et magnifiques percherons. Et ça penchait, et ça chavirait presque dans les côtes et les nombreux virages de la montagne, créant notre jubilation au maximum. Nous avions droit à la soupe du soir chez nos hôtes. Là c'était moins jubilant, les repas s'écoulaient sans paroles ; étant extrêmement timide, ça me coupait à moitié l'appétit, moi qui déjà n'en avais pas beaucoup ! Ces gens là étaient durs, la femme servait, mangeait si elle en avait le temps, encore une bonne occasion pour me préserver un jour d'avoir à subir ce genre de situation.

Pourtant, c'est bien là que je connus mon premier amour. Un de nos copains étant tombé amoureux de moi. Il se nommait Daniel et ce qui me fit fondre en lui fut en premier la couleur chocolat de son regard. Puis, malgré l'odeur tenace des divers ovins qu'il côtoyait dans sa vie de tous les jours, je me mis à craquer pour sa force, sa hauteur, ses mains calleuses mais expertes, en bref, je m'attachai à lui. Combien de soirs nous nous sommes cachés dans le four communal afin de partager quelques chastes baisers, de tendres caresses et des mots d'amour chuchotés ? Bien trop certainement car le bel été enfui, je n'étais plus qu'un souvenir pour lui et il convoita une fille du pays, une de ses cousines parait-il. Je reçus la nouvelle par une amie restée sur place, ceci avec douleur. Je me jurai alors de ne plus tomber dans ce genre de piège estival ! Il me manqua puis son image idéalisée s'estompa aussi vite ; après tout, je ne l'avais pas choisi et il fallait être bien naïve pour tomber amoureuse de cette façon ! Les étés suivants, il voulut s'occuper de la jolie Parisienne revenue sur ses terres et je pris un malin plaisir à le faire tourner en bourrique. Nous restâmes amis tout de même ; nous n'avions pas encore l'âge des amours complexes.

Le soir, une fois par semaine je crois, nous allions voir un film qu'un cinéma ambulant nous présentait dans un village plus bas que le notre. Pour y arriver, il fallait emprunter la nuit des sentiers : raccourcis connus par les gens du pays. Il faisait enfin frais et c'était une véritable partie de rigolade. Nous entendions la stridulation des grillons et observions des milliers de vers luisants que j'imaginais, grâce à mon esprit rêveur, être des étoiles tombées du ciel, des lucioles ou autres farfadets.

Dans cette petite salle de fortune, j'ai vu mes premiers longs métrages, tous plus beaux les uns que les autres, malgré l'agitation bruyante des adolescents qui en profitaient amplement pour mettre de l'ambiance sous l'œil exaspéré des adultes se contorsionnant sur leurs bancs de bois. Pourtant ces sorties devenaient de véritables cauchemars pour moi. Bien souvent l'orage vrombissait bruyamment, faisant sauter les plombs de la salle et nous laissant tous entassés dans le noir. À mon avis, je n'étais pas la seule à avoir peur. Lorsque la foudre tombait tout près de nous, alors là, petits et grands nous restions pétrifiés et silencieux. C'est que le tonnerre en montagne ça ne rigole pas ! Surtout à cette époque où les paratonnerres étaient inexistants dans les petits villages, à part sur les clochers des églises.

Les retours étaient plus durs. La fatigue et l'angoisse qui parfois m'accompagnaient (j'avais peur du noir), la crainte envers mes frères devenant trop exaspérants, cherchant absolument à nous faire encore plus peur, nous, les filles et y arrivant parfaitement, tout cet amalgame me rendait fébrile. J'étais personnellement pressée de retrouver le plus vite possible le nid rassurant. Avant de trouver le sommeil, je m'angoissais toute seule, bêtement, la tête cachée sous les draps malgré la moiteur et cette intenable chaleur des jours d'orage, imaginant jusqu'à en trembler, car grâce à mes frères j'avais l'imagination fertile, les pires catastrophes auxquelles nous avions échappé.

L'été, je l'attendais comme on attend un souffle d'air frais en pleine canicule. Je savais que là-bas, de multiples paysages raviraient mon regard, combleraient ma soif d'émotions que dame nature m'offrait, quoiqu'il arrive. J'observais les vignes sur les coteaux, les vergers nichés dans les vallées, les fontaines où venaient s'abreuver les vaches lorsqu'elles partaient paître dans les champs ou rentraient dans leurs étables, cette eau claire provenant des multiples sources et coulant à flot, laissant échapper un tintement délicat, fraîche et cristalline.

En ce temps-là, chaque vache avait son prénom. Je trouvais cette intention adorable, touchante. J'aimais beaucoup la personne âgée qui les accompagnait. Un livre sous le bras (elle était l'institutrice du village avant sa retraite), portant aussi un petit trépied pour reposer ses vieux os, elle allait s'asseoir sous un grand arbre à l'abri du soleil. Souvent, je la suivais tout en faisant un brin de causette. Sur sa tête au port royal, était posé un vieux pailleux comme ils disaient là bas, orné d'un large et léger bavolet, lui donnant l'allure d'une grande dame. Sur ses épaules un superbe châle cachant une partie de son éternel tablier flottait au gré du vent.

Le seul problème avec elle, était ce terrible strabisme qu'elle supportait avec élégance, mais lorsqu'elle me parlait, je ne savais jamais quel œil il fallait suivre ! Bien évidemment, mes frères en riaient, mais moi, plus sensible j'éprouvais de la peine en pensant à tous les tourments et toutes les critiques caustiques que ce handicap avaient dû lui occasionner auprès de ses élèves, jadis, sans parler de son nom de famille plutôt désagréable dont je tairai le patronyme évidemment. Elle s'installait au milieu du champ avec sa petite troupe de bêtes autour d'elle et parcourait le plus de livres possible, c'était une érudite.

Je partais pour d'autres occupations et lorsque je repassais vers son champ je voyais bien qu'elle s'était assoupie. Alors ses vaches prenaient le relais et c'étaient elles qui la gardaient, l'entourant sagement. J'ai bien compris qu'il y avait une connivence entre ce monde animal et cette femme, dû certainement au respect, à la gentillesse et à ses mots bien à elle pour leur parler en les nommant toutes par leur prénom. Oh bien sûr, elle avait ses « chouchoutes » ! Je crois bien, si mes souvenirs sont bons que la « Blanchette » en faisait partie.

J'oublie de parler du chien, fidèle bâtard courant dans tous les sens en jappant, histoire d'accomplir son devoir mais n'ayant aucune autorité sur les vaches. Elles étaient bien trop indépendantes, paisibles, et vivaient leur vie éparpillées dans le champ ou alanguies à l'ombre d'un arbre. De toute façon elles n'auraient jamais abandonné leur patronne.

Chaque semaine, il y avait un jour où tous les gens du village pouvaient faire leur pain et quelques pâtisseries dans le four municipal. La bonne odeur, la joie de ces paysans pouvant se retrouver, respirer un peu dans une ambiance joviale, et surtout, papoter sur les histoires du canton ainsi que de faire apprécier aux Parisiens leurs fameuses tartes aux herbes dont nous n'avons jamais pu obtenir le secret de leur recette ancestrale.

Les miches de pain ressortaient toutes chaudes de ce magnifique four, ainsi que ces mémorables tartes aux herbes dont je raffolais et qui nous étaient offertes à trop petite dose, ceci à l'unanimité des Parisiens que nous étions.

Ils chantaient, suaient, dansaient presque, féconds de ce dimanche bénéfique grâce au pain bien à eux, pétri de leurs propres mains, cuit à leur goût et niché dans leurs chais pour la semaine, quelle aubaine ! Tous ces petits gestes, ces humeurs pastorales et cette ambiance pittoresque formaient une fête nous ôtant, pour une journée, les tracas de la vie.

En face de notre maison, se trouvait un immense chêne, d'une beauté sans nom. Il servait de grattoir et d'abri aux chevaux qui appartenaient au maire du village et qui se promenaient dans le champ. Je passais des heures à les regarder.

Parfois, il y avait un poulain près de sa mère ; j'aurais tant aimé aller le caresser. Les seuls que je pouvais approcher étaient les chevaux de trait, sagement réfugiés dans leurs stalles, dont un que j'affectionnais et qui se nommait « Coquet ». Qu'il était beau ! Sa robe était auburn et sa crinière épaisse brossée régulièrement était blanche comme la neige, ondulée et chatoyante. Son encolure plus large que mes bras refermés sur elle était puissante et douce à la fois ; ce cheval, je l'adorais ! Ce qui m'étonnait le plus était le silence parfait lorsqu'il buvait son eau dans le seau placé près de lui ; comment faisait-il ? Je repensais à ma chienne qui faisait un raffut pas possible lorsqu'elle lapait son breuvage.

Quant aux attelages les jours de corvées des foins ou du ramassage des pommes de terre, c'était tout simplement féerique et impressionnant. Huit bœufs colossaux ou huit percherons robustes, selon ce que possédaient les propriétaires, qui bien souvent se partageaient la tâche, tractaient un énorme char. Le bruit de leurs imposants sabots nous assourdissait. Il fallait que ces bêtes de somme aient des torses bien résistants afin de pouvoir supporter le timon accroché par de lourdes chaînes, celles-ci entourant leurs encolures, et haler toute cette gigantesque charge au retour des travaux des champs !

Souvent, devant chez nous, il y avait un de ces chars garé là en attendant une prochaine sortie. La belle aubaine pour les adolescents ! Paysans ou Parisiens, tout le monde se mêlait le soir, tard, et chapardait l'engin, les garçons tirant celui-ci de toute leur force et les filles perchées dessus pouffaient comme des folles, mais tout cela en silence ; il ne fallait pas se faire attraper.

Nous, les petits nous avions le droit, parfois, de monter dessus. C'était « le » jour de fête. Jusqu'au soir où, dans une descente l'embarcation devança les garçons et toute cette gabare clandestine se retrouva dans un énorme fossé en bas d'une côte. Alors là, ce fut toute une épopée pour ramener cet engin à sa place initiale ; jamais ils ne recommencèrent, bien que nous ayons tous bien ri !

Longtemps, nous nous sommes remémorés la tête des filles cramponnées aux battants de bois. Nous, petits et agiles, avions déjà sauté vite fait sentant la vitesse augmenter. Là, nous aurions dû emprunter la caméra de notre père !

Il y avait comme ça des moments de connivence avec mes frères, instants magiques et bénéfiques. En général, pour les bêtises nous nous entendions bien.

Les étés étaient bien souvent torrides, et seules les baignades nous soulageaient. Nos amis, eux, avaient l'habitude de la chaleur comme du froid ; c'étaient des durs. Ils nous avaient fait découvrir des endroits cachés au fond de certains sentiers nous dévoilant tout un paysage dantesque, construit de petits lacs, de gorges profondes où l'eau ruisselait à toute allure, finissant par une cascade immense et bruyante, retombant en gerbe dans la vallée en contre bas et dégageant une brume fluide caressant arbres et maisons. Les roches étaient blanches et brûlantes, mais l'eau limpide et fraîche nous saisissait par son contraste de température. Une fois dedans, enfin nos corps se détendaient. Mais attention, il fallait avoir l'œil vif car des vipères vénéraient la froidure de ces lieux.

Tous les ans au mois d'août, le quinze exactement, le village entier mêlé aux autres petits hameaux des alentours, ils étaient tous cousins ou autre parenté, partaient en pèlerinage pour honorer la Sainte Vierge et nous en faisions partie. Tout ce petit monde, paré des habits du dimanche, devancé par « Monsieur le Curé », montait par la forêt empruntant lentement d'étroites sentes sauvages que je ne retrouverai jamais sous un soleil en général de plomb.

Chacun avançait à son allure, bousculé par les petits, ceux-ci voulant à tout prix arriver les premiers. Les adultes parlaient des moissons, du lait, des récoltes de pommes de terre, tout simplement des préoccupations du quotidien. Le trajet était long et pénible. Nous traversions des champs sauvages et des clairières, puis des pistes dégagées par les hommes pour parvenir enfin au sommet d'un pic accroché à la paroi de la montagne, formant un promontoire plan, dénudé de tout arbuste ou autre flore, bref, un petit pré en équilibre dans le vide. De cette hauteur là nous pouvions voir notre maison minuscule, ainsi que notre village tout entier, observé presque du ciel ! Il était étalé de tout son long tel un lézard se faisant bronzer au soleil, une légère brume de chaleur et une lumière douçâtre l'enveloppant tendrement.

Là se trouvait perchée sur un haut monticule de pierres bien soudées les unes aux autres, une statue de la Vierge, maîtresse en sa demeure, paisible, les bras ouverts vers la vallée, vers notre bourgade. C'était à qui escaladerait le plus vite possible et trouverait une place aux pieds vénérés de la grande dame. Alors, nous formions un formidable et bruyant essaim, cachant l'architecture de notre piédestal.

Doucement, les personnes arrivées entonnaient des chants religieux très beaux et harmonieux, afin de débuter la cérémonie. Une fois de plus, je fus frappée par le pouvoir de ce recueillement. Nous chantions tous, grisés par l'air pur et frais de cette montagne, puis le prêtre disait sa messe et nous repartions en chantant à nouveau.

Nous faisions aussi, mes parents, leurs amis et enfants mêlés de merveilleuses promenades. Monter par exemple au sommet de cette haute montagne que nous pouvions observer de nos fenêtres, voir notre goulet tout petit de là haut, respirer l'air froid de l'altitude, s'asseoir près d'une immense croix métallique étayée par de gros câbles d'acier, celle-ci semblant protéger nos vies au creux de la vallée, faisait partie des sorties attendues et appréciées. Ah oui, ressentir les premiers vertiges ! Cette impression de n'être que poussière sur cette terre, quel enchantement ! Les jours de chance, lorsque l'horizon était dégagé, nous pouvions observer la chaîne du Mont Blanc, je croyais être face à un mirage, quelque chose d'irréel ; que de majesté, quelle grandeur !

Un arrêt obligé dans une petite auberge rustique mais chaleureuse, complétait à merveille cette journée. Les tables étaient faites de troncs d'arbres coupés, les banquettes aussi, et des peaux de chèvres nous servaient de coussins tout doux atténuant la dureté du bois. Quelques bougies faisaient vaciller nos ombres ainsi que la lumière du feu dans la cheminée. Nous mangions des fondues savoyardes et de succulentes tartes aux myrtilles, puis repartions rassasiés par ces bonheurs si simples.

Quelques biquettes essayaient de monter dans les voitures, nous riions tous de bon cœur. Il faut dire qu'elles n'étaient pas farouches, habituées aux caresses et au pain distribué par les visiteurs, aux bras affectueux des petits enfants les serrant avec tendresse, à toutes ces « transhumances » estivales ou automnales, constituées en grand nombre d'étrangers flattant leurs flancs quelque peu émaciés.

Au Grand Colombier (c'est ainsi que se nommait cette montagne), vivait toute une faune. J'étais aux anges, moi qui aimais déjà tant les animaux ! Il y avait donc des chèvres, puis des poules en liberté, des chiens, des chats, des moutons, des vaches et divers ovins, parfois des chevaux se mêlaient naturellement à tout ce petit monde. Intérieurement, je me disais : c'est là, seulement, que je serai heureuse un jour.

Cette sérénité était, hélas, lors de nos belles vacances, terrassée par les actes démoniaques de mon père lorsqu'il était présent. Ce terrible prédateur profitait largement de l'innocence des enfants du pays, pensant certainement que les petits paysans seraient plus faciles à attraper que les gamins Parisiens ! C'était sans compter que ceux-là, justement, étaient peu habitués à ce genre d'approche.

À Paris, les jeunes, garçons ou filles, tassés dans les wagons du métro se faisaient tripoter régulièrement par des hommes pervers bien planqués parmi la foule comprimée. Adultes anonymes mais pas anodins. Les nombreuses mains baladeuses n'avaient pas de propriétaires reconnus et la perversité était facilement accessible.

Nos amis, eux, vivaient dans la nature auprès de personnes connues et saines, bref dans la pureté que chaque enfant devrait connaître. Seules, quelques filles se laissaient avoir par les douces paroles et caresses de mon père, les garçons se défendaient en échappant aux mains de l'adulte en criant déterminés : « je ne suis pas une fille ! ».

Malheureusement, le bruit courut vite dans le village et notre famille fut à nouveau montrée du doigt. Je remercie aujourd'hui nos copains d'être restés tout de même près de nous les enfants du maniaque, et d'avoir fait la part des choses. Seule la progéniture du maire et leurs amis ont mené une guerre enragée contre les enfants du sadique comme ils nous nommaient, contre ceux aussi qui partageaient nos jeux, puis contre mes parents plus tard lorsqu'ils sont venus habiter là-bas pour leur retraite.

Où était, là encore, ma mère dans les moments où son époux « dévorait » ses proies ? Je n'en sais rien. Ce fait sera un mystère de plus pour moi. Peut-être était-elle partie faire des courses dans un autre village plus achalandé, où était-elle à Paris pour faire soigner mon frère malade de la poliomyélite ?

Alors, entre les joies et les douleurs, aucune réaction extérieure de ma part ne s'exprimait, il n'y avait jamais personne pour m'écouter, tout restait à l'intérieur ; j'étais déjà introvertie.

Parfois en été, mon parrain et ma marraine chéris m'emmenaient avec eux en Espagne. C'était un très long voyage que nous faisions à bord d'une grosse voiture avec une caravane attelée derrière. Je passais mon temps à chanter, grignoter, dormir et regarder ces paysages méconnus.

J'aimais bien mes protecteurs. Ils me montraient enfin la vie d'un couple, un vrai, un de ceux qui savent se dire « je t'aime » ou se disputer devant moi et se réconcilier après ; chose que mes parents ne faisaient jamais alors que nous sentions toute pression entre eux. Ma marraine n'avait pas besoin de supplier du regard son époux afin d'avoir ne serait-ce qu'une main posée sur la sienne, il l'appelait « Bichette » et faisait tout pour la choyer. Je le sentais pur, sans ruse et normalement sain. Le matin, à Paris ou ailleurs, lorsque je passais un week-end avec eux, dés que j'étais réveillée je me faufilais telle une petite souris bien au chaud dans leurs draps, et nous passions un bon moment à rire et à discuter. Ma marraine allait nous préparer le petit déjeuner et je restais dans les bras de parrain, sereine et sans peur. Il a été en quelque sorte mon deuxième papa et je l'admirais, je l'aimais comme une petite fille aime et adule réellement son père. Il me faisait sourire le matin lorsque je le découvrais dans son lit, un bonnet de nuit sur son crâne, portant aussi sa chemise de nuit toute blanche et cotonneuse, panoplie obligée l'hiver. Je n'avais encore jamais vu cela ! Il faut dire qu'ils étaient originaires tous les deux de la Charente, était-ce une coutume là-bas ?

Revenons à l'Espagne.

Nous faisions donc tout un périple à travers la France, mon si beau pays que je connaissais si peu.

Les arrêts dans les campings nous offraient vraiment une grande joie en soi, une sorte de répit. Empruntant les petites départementales loin de la foule et des excités du volant, nous visitions toujours les alentours pittoresques des lieux que nous traversions. J'y ai connu des paysages beaux à m'en couper le souffle. Il y avait des arrêts sous des forêts de pins parasols immenses aux odeurs apaisantes, et presque à chaque fois, tout près de notre bivouac enfin mis en place (cela durait un peu trop longtemps pour moi, mais je ne disais rien, rongeant mon frein), se trouvait quelque rivière rafraîchissante et bénéfique où nous nous baignions, dépouillés enfin de la moiteur de l'été.

Je me souviens surtout d'un camping construit près du pont du Gard et de la forte impression que me procurait cet édifice fait par l'homme. Je n'avais jamais vu si grande œuvre, à part la tour Eiffel. J'aimais cette vie de nomades, ces repas sous le auvent, le calme des nuits et nos moments passés à regarder allongés sur des transats les étoiles dans le firmament ou à jouer aux cartes avant que le sommeil nous gagne. Ils m'apportaient tout ce que je ne trouvais pas chez moi auprès des adultes : les jeux partagés, la reconnaissance, le respect, les rires, le calme et la connivence.

C'est grâce à ma marraine que j'ai pu découvrir tous les films de Walt Disney et mille endroits de Paris que je ne connaissais pas. Bien sûr, ils n'étaient que tous les deux et avaient plus d'argent que mes parents, mais je pense qu'ils ont vite compris qu'il fallait absolument que je sorte de cette famille quelque peu déroutante. Je ne les remercierais jamais assez pour cela !

Parfois, je me languissais sur des plages de sable chaud, si chaud que j'aurais pu m'y brûler. Pourtant, ce n'était pas encore la chaleur de l'Espagne.

À chacun de ces voyages, nous passions toujours par Lourdes.

Ma première visite en ce lieu de culte a été une véritable révélation, une autre façon d'appréhender le sujet. En ce temps-là la grotte n'était pas barricadée et la source coulait en toute liberté. Lorsque je levais les yeux, je pouvais découvrir des béquilles pendues à la voûte de la grotte ; cela me fascinait ! Je ne trouve pas de mots pour exprimer ce que j'ai ressenti lorsque ma marraine m'a expliqué que c'était les béquilles de pauvres personnes malades et guéries grâce à leur grande foi, donc miraculées.

Puis mon regard se posait automatiquement sur la statue de la Vierge Marie, nichée dans la paroi droite de la grotte, les bras grands ouverts, un peu comme si elle avait souhaité nous accueillir sur son cœur. Elle semblait sereine, ouverte à l'espérance et au pardon. Mon Dieu, j'avais l'impression forte qu'Elle ne regardait que moi, qu'Elle ressentait mon malheur : cette maladie de l'âme que l'on ne perçoit pas à moins d'avoir des capacités sensorielles extraordinaires cette maladie sans béquilles, maladie sans larmes ni lamentation. Elle était tout amour pour moi, je le sentais. Je savais qu'Elle me rassurait, moi, blessée, démunie et bafouée !

Le Gave avec sa couleur menthol qu'il a d'ailleurs conservée à ce jour, coulait à nos pieds ; dorénavant, il ruisselle, canalisé et dissocié de la grotte. Quelle magnifique rivière ! Libre, sauvage et porteuse de paix. C'est là, en cet endroit précis que je reçus la foi comme on reçoit une brassée de roses parfumées.

Foi certifiée et longtemps cachée, car pour l'accepter vraiment, il aurait fallu que je m'éloigne de l'église des hommes et trouve (il n'y a pas si longtemps de cela) l'Église, la véritable : celle de Dieu le Père. Le chemin de croix de ce site m'a aussi procuré de fortes émotions. J'étais transcendée par la vue du Christ, de Son visage si doux même dans Sa douleur, et porteur d'une grande sensibilité se donnant corps et âme pour sauver alors nos péchés pitoyables. Je l'ai adoré et depuis son image me hante.

J'ai tu ce sentiment à mes exemples de vie, qui me menant en ce lieu espéraient peut-être me redonner du courage et la croyance en la foi, sachant ce que je vivais loin d'eux. Pourquoi se taire ? Je ne l'explique pas à ce jour, certainement une sorte de pudeur, ou la peur d'être prise pour une illuminée et encore si seule dans ma tête. Aussi, tous ces dévoilements il me fallait les accepter, les analyser, et enfin les embrasser.

Aujourd'hui, je suis presque persuadée que mon parrain et ma marraine m'auraient écoutée et mieux comprise. Ils auraient sûrement été heureux. Mais comment à cet âge là expliquer un tel sentiment, une si belle révélation ? Révélation de la passion, de la compassion et du pardon. Savoir enfin que, quelque part il y avait quelqu'un qui me tiendra la main pour l'éternité, quoiqu'il arrive. Une personne enfin qui ne se gaussera pas de mes dires, que ce sera vers Elle ou Dieu que je pourrai me tourner dès que les turpitudes de la vie m'assailliront, humble remède pour le repos de mon âme.

Je pense aussi que c'est à partir de ce jour précis que j'ai su tenir tête à mes divers bourreaux et quel immense soulagement ! J'avais enfin perçu que ce n'était pas moi la fautive mais bien moi la victime.

Vint le moment tant attendu : la traversée des Pyrénées. Que ces amas pentus étaient hauts ! Rien à voir avec ceux du Valromey. Aux sommets dormaient des neiges éternelles, au bord de la route des ravins dix fois plus profonds me faisaient tourner la tête. L'adrénaline m'envahissait pleinement et ce n'était pas pour me déplaire. Autre climat que les Alpes, autre spectacle, autre doux vertige dû à un ravissement inexplicable, ces montagnes m'étaient destinées pour enfin trouver la paix que je recherchais depuis si longtemps.

Inexpliquées aussi mes humeurs clémentes ainsi que mon moral au beau fixe, mes langueurs, mon sommeil soudainement réparateur et mes réveils tout simplement sereins. Ressentir qu'un passage se forme d'un âge à un autre, une page au haut des cimes se tournant et en éprouver tous les bienfaits, voilà une nouvelle respiration ! Plus nous nous dirigions vers notre but, plus la nourriture changeait. Nos assiettes très colorées étaient pleines de soles immenses, de gambas ou autres crustacés, de soupes excellentes dont la « zarzuela », des paëllas ainsi que maintes délicieuses spécialités espagnoles dont je ne me remémore pas tous les noms.

Petite Parisienne l'hiver, montagnarde ou marine l'été ; que demander de plus ?

Rien à redire, mais seulement tout n'était pas aussi simple, même là-bas, même loin de la peur.

Mes traumatismes me suivaient inexorablement. Mes complexes ainsi que le doute d'être aimée pour mon âme et non mon corps persistaient.

Malgré les bains de minuit, les jeux avec les amies que je retrouvais chaque été, je me sentais minable, bécasse à la ramasse, inintéressante, cachant ma maigreur face à mes camarades plus belles les unes que les autres. Elles étaient sûres d'elles et portaient sur leur visage un sourire franc et radieux, démontrant une jeunesse épanouie. La deuxième fois que je pris conscience de ma jalousie était bien dans ces moments là, surtout lorsque mon parrain jouait autant avec elles qu'avec moi. Me revenait à l'esprit automatiquement l'attitude de mon père lorsqu'il se rendait à la sortie de mon école mais ceci n'était qu'une rapide sensation. Vous pensez bien qu'à cet âge, je n'en faisais pas le rapprochement ou bien je me le cachais profondément. Mais une tristesse entravait ces jours heureux et je ne comprenais pas vraiment ce qu'il m'arrivait, j'en voulais à la terre entière et me persuadais que ma vie serait jonchée d'orties et de fossés, seuls endroits faits pour ma petite personne.

Mon frère Philippe, le plus caractériel envers moi, étonnamment me faisait défaut ; il me manquait. Cela était réciproque certainement, puisque plus tard, j'ai retrouvé notre correspondance et j'en fus fort surprise. Comment mon tortionnaire pouvait-il me faire défaut à ce point ? Peut-être est-ce parce que la douleur qu'il me faisait subir était bien réelle, presque palpable et que je pouvais en parler. C'était notre secret, quasiment un pacte. Il était ma richesse parce qu'il s'occupait de moi et par ce fait, il n'y avait pas que ma sœur que l'on maltraitait. Et lui, tout seul à Paris, ne pouvant s'attaquer à personne d'autre il n'avait plus la possibilité d'évacuer toutes les douleurs physiques et morales que sa maladie lui provoquait.

À chaque retour à Paris je me conditionnais avec le plus de philosophie possible en pensant à mes jouets délaissés ainsi qu'à mon autre frère Bruno puis à mes chers animaux afin de laisser derrière moi cette nature tant chérie sans ressentir trop de regrets. Au dernier retour d'Espagne, mes chers parents avaient lâchement, profitant de mon absence, donné mon chat. Il faut dire que ce pauvre matou subissait autant que moi les sévices de Philippe. Celui-ci l'enfermait, entre autre, dans le piano à queue et jouait n'importe quoi du moment que cela faisait du bruit. La pauvre bête ressortait sourde et effrayée, ce qui en résultait qu'elle urinait partout, énervée au plus haut degré, ne retrouvant plus ses repères : ceux que je lui avais donnés de tout mon cœur ! Se vengeait-elle ? Avait-elle éprouvé un dérèglement comportemental ? Je comprends pourquoi nous nous entendions aussi bien elle et moi ! Peu importe, mon chagrin fut immense, et une fois encore, une fois de trop, pas d'explication réelle de la part de mes parents me prenant pour une gourde en me disant qu'elle était morte de vieillesse. Vous pensez, elle avait à peine trois ans ! Paris, c'était aussi le patronage tous les jeudis. Ma mère avait enfin ce répit.

Quel horrible endroit ! Je vous en ai déjà parlé mais succinctement. Immense, gris et vieux, cet endroit se trouvait dans une vielle école où étudiait un de mes frères. Garçons et filles faisaient un brouhaha insupportable. C'était là que se cachait la « kommandantur » ou le réseau de tous les vices. Je le sais aujourd'hui, trop tard encore, hélas. Les curés de tout âge, les dirigeants, les accompagnateurs et les animateurs, beaucoup de tous ces gens qui nous entouraient ne se gênaient pas pour assouvir leurs tares. Je me souviens très bien à ce jour que certains garçons m'entraînaient dans les latrines qui se situaient dans la cour afin de me tripoter sans aucune gêne. Tout ce petit manège semblait banal en ce lieu.

On m'envoyait à l'abattoir. J'étais un morceau de viande qu'on lançait aux jeunes lionceaux, histoire d'assouvir leurs besoins si bien appris et non naturels à cet âge là.

Je n'appelais même pas au secours, déjà conditionnée pour subir et ne pas se plaindre. Et puis, ici qui aurait pu m'entendre, m'enlever et me sauver ? Je me méfiais de tout ce monde d'adultes, je n'arrivais pas à discerner les bons des mauvais si, toutefois, il y en avait des valeureux.

À une certaine heure de l'après midi, des cheftaines prenaient en charge les filles : « âmes vaillantes » était notre nom. Moi je n'étais pas vaillante du tout. Elles nous faisaient le catéchisme (elles ou les curés), ainsi que diverses occupations ; rien ne m'intéressait. Ma mère m'avait inscrite à la danse, activité dont j'avais horreur. Formatée en garçon manqué je me trouvais ridicule et mièvre, faisant des sauts de biches dans un costume muni d'un tutu en tulle rose, de collants satinés et de superbes chaussons. Ma sœur qui ne rêvait que de ce fameux tutu en tulle rose, de chaussons de satin, de postures élégantes et d'entrechats, en était privée. Encore une brimade, une punition, une humiliation ? Elles seules le savent ; chacune à leur façon. Je ne peux pas parler en leur nom, ce serait juger sans savoir.

Mes frères faisaient des sorties « scouts » parfois, avec mes parents et d'autres gens que je ne connaissais pas, nous les accompagnions pour une remise de médailles ou différentes cérémonies.

La marche à pied était de rigueur. Que c'était long et dur, la soif et l'épuisement me gagnant très vite, j'étais encore petite pour subir ces efforts physiques.

Il me revient à la mémoire une de ces fameuses sorties, la seule qui m'ait vraiment marquée. Tout le monde était bien occupé et moi, voulant un peu profiter de la nature autre que les squares de Paris, je partis attirée vers un champ d'un vert que je n'avais jamais vu auparavant. Ce vert tendre, lumineux, en fait était une couche forte attirante de lentisques bien agglutinés sur la surface d'un petit étang en plein milieu d'une clairière idyllique. J'y courus franchement, insouciante, et plouf ! Heureusement pour moi, (je ne savais pas encore nager) quelqu'un traînant par là donna l'alerte hautement et fortement. Mes parents se précipitèrent vers les appels au secours. Une personne plongea et me sortit de l'eau. Ma mère me déshabilla face aux garçons présents à ce moment là, agglutinés devant la piteuse rescapée que je faisais. J'ai eu ce jour là, la honte de ma vie, enfin le peu de temps où j'ai réussi à garder conscience, car sous le choc je m'évanouis et partis dans un sommeil profond.

Plusieurs jours de fièvre typhoïde me clouèrent au lit, de retour à Paris.

Noyée ou morte de maladie, je m'en moquais bien déjà. La seule aubaine dans cette histoire était que je ne me mêlais plus aux repas familiaux et que mon frère me laissait pour une fois tranquille.

Un cafard mêlé à des angoisses ne me quittait pour ainsi dire plus.

Rien de gratuit, rien ! Rien dans l'anonymat ! Rien à faire : derrière chaque joie, une peine m'arrivait, me laissant aux abois. Mes appels au secours, je ne les entendais même plus. J'étais résignée. Tout ce qui pouvait m'arriver me semblait faire partie de la normale, je ne cherchais pas plus loin. Les pourquoi du comment ne m'intéressaient plus. À quoi bon, qui aurait cru une seule fois que je déprimais de plus en plus ? J'appris donc à vivre au jour le jour sans déranger quiconque, me pliant à toutes les exigences de cette vie qui était la mienne.

C'était pourtant horrible. Je me laissais toucher par des adultes, peut-être plus ? Je me donnais à mes amies ou amis, toujours devant des fenêtres ouvertes. Je ne me posais pas la question afin de savoir pourquoi il fallut que nous soyons toujours en ligne de mire. Mes amies souvent plus âgées que moi me faisaient regarder, avant leurs actes suspects, des livres plutôt osés puis se servaient de mon corps. Mais quelle gourde j'étais alors, où et comment, par qui pouvaient-elles se procurer sans problèmes de tels ouvrages ? Je ne décrirais pas ce que nous exercions, ce livre n'étant pas un guide pour les voyeurs ni un manuel d'onanisme. Je peux simplement vous dire que nous étions loin du « touche pipi » que les enfants connaissent à cet âge là !

Un jour, lorsque j'étais plus grande et que j'avais renoncé à tous ces jeux pervers qui me dégoûtaient, j'aperçus mon père montant dans le métro à la station Pigalle. Alors que je le regardais, il fuit mon regard et se dissimula dans la foule. Je descendis à la station qui me ramenait à la maison, et lui continua sa route.

Le soir au dîner, il raconta sa journée à ma mère, jouant l'époux épuisé par tant de travail, trop de relevés (il était métreur), ceux-ci entrepris dans le quinzième arrondissement bien évidemment, et ceci tout en me regardant de son regard le plus noir afin que je ne la ramène pas. Quel machiavélisme ! J'avais envie de vomir, de tout lâcher d'une traite, de mettre la table sans dessus dessous à mon tour, de cogner mon père jusqu'à ce qu'il s'écroule inerte à mes pieds. Hé oui, j'ai souhaité sa mort ! Faire fuir mes frères et sœur loin de cette immonde maison. Mais je restais là, pitoyable une fois de plus. Je voyais bien que mes deux frères (sauf le premier, l'adoré de notre mère, son adulé, son chouchou épargné), commençaient à devenir agressifs vis à vis du patriarche. Je pouvais soudainement entrevoir une forme de haine non dissimulée au plus profond de la teinte fuligineuse de leurs yeux magnifiques lorsqu'ils le regardaient avec une assurance ressemblant comme deux gouttes d'eau à de l'insolence. Je pensais alors, soulagée, que l'heure du jugement dernier allait sonner enfin pour l'abominable personne qui nous servait de père. Mais c'était sans savoir de quelle façon la porte claquerait, ce que cette grâce soudaine allait engendrer comme répercutions sur ma mère et sur nous, les résistants.

Retour en arrière.

Je vous ai parlé de ma meilleure amie habitant dans l'immeuble en face du notre. Celle-ci heureusement fut épargnée par tous ces sévices. C'est plus tard que je compris d'où venait ce privilège. Ses parents étaient des gens très bien moralement, socialement et ils n'auraient pas hésité à dénoncer mon père s'il avait touché à leur fille. Lorsque adulte, je lui appris ce que nous avions vécu, nous les cinglés du cinquième étage (c'est comme ça que les gens nous appelaient car nous faisions les pires bêtises !), elle fut toute surprise et attristée par notre sort.

Pour les bêtises, je peux vous en conter des vertes et des pas mûres. Quelques exemples vous feront entrevoir l'ampleur des dégâts. Mes frères certainement par vengeance envers mon père, s'amusaient à cracher tout le long de la rampe des escaliers de notre immeuble jusqu'à notre étage. Ils savaient très bien à quelle heure il rentrait de son travail, et si cela tombait par malheur sur quelqu'un d'autre, qu'importe ! Notre concierge qui se nommait Amélie réprimandait celui-ci disant au bord de la crise de nerfs qu'il ne savait pas dresser ses enfants et lui narrait les maintes plaintes des occupants de l'immeuble. Autant vous dire que la punition était proportionnelle à l'acte écœurant de ses chers chérubins. Sur ce coup-ci, je n'y étais pour rien et d'ailleurs, on m'ignorait. La seule fois où je fus impliquée dans une bévue était le jour où mon frère Philippe me força à uriner dans une bouteille de soda vide sur notre paillasson, juste devant la porte d'entrée. N'y arrivant pas, cela fit une énorme marre sur celui-ci. Il jubilait pensant que la punition me reviendrait de droit. Ma mère rentrant des courses vit la catastrophe et pénétra en furie dans l'appartement. Je l'attendais de pied ferme, devançant mon frère qui se trouvait dans sa chambre. J'étais tout de même assez fine pour y arriver. Je lui racontai alors que c'était notre chienne Farah qui s'était oubliée étant trop pressée de se promener. La pauvre bête se fit mettre le museau sur son injuste faute et reçut une magistrale fessée par ma mère. Je n'en étais pas bien fière, mais la tête dans le lavabo ne me disait rien de bon ! J'avais souvent des crises de fous rires lorsque j'observais leurs sottises. Par exemple leur dévolu sur la concierge de l'immeuble qui se situait en face du notre et qui était une véritable sorcière, une harpie. Elle sentait mauvais, était énorme et faisait un tas de méchancetés à tout enfant qui passait auprès d'elle. Un jour où je faisais du patin à roulettes sur le trottoir, elle me fit un croc-en-jambe et je tombai me faisant vraiment mal. La mégère est vite rentrée dans sa loge et m'a laissée me débrouiller pour me relever. Je suis bien vite retournée chez moi les genoux en sang. Tout cela pour dire que mes frères ne l'appréciaient pas non plus et par un élan instinctif, parfois, me vengeaient à leur façon. C'était assez amusant pour moi de ressentir qu'ils avaient tout de même un certain esprit fraternel. Du haut de notre balcon, lorsqu'ils la voyaient se pencher afin de mettre les poubelles sur le trottoir, ils lui lançaient à l'aide d'une sarbacane des fléchettes confectionnées en papier avec, feinte suprême, une aiguille au bout. Ils ne loupaient jamais leur coup puisque le projectile rentrait directement dans les fesses charnues de la vilaine. Et hop, tout le monde se cachait écoutant tout de même les cris hystériques et les jurons colorés de la victime. Vengeance était faite ! Diverses autres taquineries m'égayaient, comme de sonner aux portes et de vite se sauver ou de se cacher dans un autre immeuble. Le moins amusant dans ce genre de plaisanterie était que moi la plus petite, je restais à la ramasse et recevais les réprimandes à leur place.

En montagne, à la messe le dimanche, impossible de rester sérieuse. Mes frères montaient à l'étage supérieur de l'intérieur de l'église (l'estrade où presque tous les hommes se plaçaient) et s'amusaient à cracher sur les beaux chapeaux des pauvres femmes placées juste en-dessous d'eux. Me retournant souvent, je les voyais faire et je me pinçais afin de ne pas rire, assise bien sagement auprès de ma mère. C'est à la sortie de l'office que la supercherie était découverte. Interdiction donc pour eux d'assister à la prochaine cérémonie à leur place préférée et ils se retrouvèrent penauds en bas avec la mère et les filles.

Une autre fois, et là j'étais de tout cœur avec eux, ils avaient mis les sièges des personnes riches du bourg à l'arrière des bancs, la bourgeoisie et la noblesse étant placées habituellement devant l'estrade. Je ne vous raconte pas le scandale et la pagaille que cela a entraînés dans la foule ! Quelle jubilation de voir les riches se disputer avec les plus démunis afin d'être au premier rang. Le grand plaisir de mes frères était aussi de manger toutes les hosties et de boire le vin du calice. Au moment de la communion, le prêtre ne trouvait plus rien de ce qu'il avait préparé la veille. Beaucoup de personnes estimaient cela tout de même assez drôle de voir la tête déconfite du pauvre curé. Certains après-midis, y avait de fausses messes pratiquées par mes frangins, débordantes de pitreries et je revois ma sœur danser sur l'autel avec ses copines au son du vieux tourne-disque. Un jour, mon frère Philippe eu le droit à son baptême de « cul béni », le derrière plongé dans le baptistère, porté par ses copains. Alors là, j'ai bien ri. Il n'y avait plus d'eau dans le bénitier, le gros derrière de Philippe ayant produit une gerbe immense et vidé le précieux récipient. L'église du village était une attraction géniale pour nos amis et nous. Comment vouliez-vous que nous ayons le moindre respect pour la religion des hommes avec tout ce que l'on voyait ou subissait ailleurs que dans ces lieux lointains ?

Mon frère Bruno qui était le chouchou de notre chère Amélie (concierge de notre immeuble) savait la prendre par la gentillesse naturelle qu'il détenait et le soir lorsqu'il rentrait du conservatoire, il allait la sortir de son gourbi et la faisait danser tout en lui chantant : « allez, venez danser grand-mère... ». Elle tournoyait enserrée dans les bras de ce grand dadais tout en riant, mais les larmes aux yeux, touchée par la gentillesse de ce jeune garçon. Il faut dire qu'il était beau mon Bruno ! Au fond grâce à lui, elle taisait pas mal de leurs sottises.

Enfin bref, j'allais souvent chez mon amie jouer un peu et certains week-ends ses parents nous emmenaient en voiture à la campagne. L'été, lorsque ma famille me le permettait, j'allais avec elle et ses parents dans une villa qui leur appartenait dans le nord de la France à Merlimont très exactement. Villa toute blanche, magnifique, nommée Konwara et placée juste devant une autre mer, nordique celle-là.

Plus saline certes, beaucoup plus frigorifique aussi, tellement sauvage qu'elle en était le comble de la beauté naturelle à mes yeux. La plage immense était jonchée d'une multitude de coquillages rares, plus beaux les uns que les autres. Des nacrés, des ronds aux tons safranés, de tout petits rouges ou ocres ainsi que diverses lamellibranches cachant de petits pinnothères que nous attrapions dans de clairs étiages. Nous en faisions des provisions géantes afin de ramener les senteurs qu'ils nous offraient et de pouvoir les humer encore tout en ayant la sensation de prolonger nos vacances lorsque nous rentrerons à Paris (autant dire que nos reliques nous étaient vite confisquées, exhalant une odeur insoutenable au bout de quelques jours !). Je pense que ce fut la première mer que je vis, l'Espagne m'étant révélée plus tard. Elle fut donc l'aimée, la préférée malgré sa rudesse et son vent hostile et violent.

Je l'ai vénérée, attendue comme une enfant perdue attend un sauveur. Vivement le prochain été pensais-je, que son sable blond soit de mes pieds foulé. Être loin de ma famille et près de mon amie d'enfance, le calme enfin revenu loin des drames tonitruants et des malotrus. Pourtant malgré la douceur et la gentillesse de la maman de ma camarade, ma mère me manquait. Je n'arrivais pas à m'endormir la sachant si loin, ainsi que mes aînés seuls dans leur enfer. J'en perdais le sommeil. Je pleurais le soir loin de mes bourreaux, dépourvue de mes barreaux. Ce manque de violence très vite ressenti puis longtemps éprouvé et ce trop-plein de bien être étaient tout simplement déstabilisants pour moi, l'enfant malmenée.

L'être humain est décidemment extrêmement complexe !

L'horizon à perte de vue, la vue irrémédiablement parée de maisons et dans ces maisons des parents sereins et aimants, voilà ce que j'aimais plus que tout, ou je me l'imaginais toutefois et le croyais très fort.

Pour moi, il était impensable qu'il se passe de tels évènements chez les autres gens que chez moi et ceci me rassurait.

Paris, le nid vide de mes retours perpétuels me terrorisait et m'attirait en même temps. Toujours le même goût âcre et la peur incontrôlable faisant partie de mes bagages. Retrouver le peu d'amour et d'attentions qui m'étaient octroyés me laissait songeuse. Subir à nouveau les sarcasmes, la souffrance de mon frère Philippe, celui-là justement, pauvre petit garçon mutilé par sa maladie, autiste lui aussi et perdu dans ce fatras autant que moi me pressait tout en m'oppressant. Pour lui il n'y avait pas d'autre solution ni de sortie de secours que la violence mêlée à la douceur. Il fallait que sa douleur soit partagée et ainsi légèrement diminuée. S'en prendre à sa plus jeune sœur semblait être pour lui une évidence. L'embarquer dans sa torpeur devait lui apporter forcément une compensation puisque partagée avec une consœur aussi fragile que lui, par la force des choses. J'étais liée familialement à lui, à ses douleurs aussi et donc logiquement je devais être compatissante à son malheur.

Aujourd'hui encore, j'en garde des traces physiques et bien marquées ; deux ou trois cicatrices dont l'une est placée à l'intérieure de mon poignet gauche, si bien que certaines personnes croient que j'ai fait une tentative de suicide. En fait, Philippe m'avait tout simplement claqué la porte vitrée au nez juste au moment où je voulais l'ouvrir pour récupérer un objet précieux pour moi qu'il m'avait volé. Ma main transperça la vitre de la porte tant la force de mon frère fut forte et le sang jaillit aussitôt le laissant calmé et un peu paniqué. Je ne me souviens pas avoir vu une punition méritée donnée par mes parents à mon frère, et je me rappelle bien que depuis ce jour précis, lorsqu' ils partaient le soir me laissant seule avec lui, je les suppliais de ne pas me laisser là et de m'emmener avec eux ; ils ne m'écoutaient pas et des pleurs de panique m'arrivaient sans retenue aucune.

D'autres blessures celles-ci plutôt morales m'ont marquée à vie, dont certaines exaspèrent parfois et encore mon entourage car ils ne peuvent pas comprendre. Par exemple je suis incapable de finir un café ou autre liquide dans une tasse ou un bol, car souvent je trouvais au fond du breuvage matinal un, voire plusieurs crachats gentiment offerts par mes frères. De temps en temps, j'arrive à me raisonner mais ce tic est devenu instinctif.

L'humiliation aussi a fait de moi un être doutant de tout. Philippe et mon autre frère me faisaient monter sur la table lorsqu'il y avait du monde à manger, et sous peine d'une terrible punition, je devais baisser ma culotte et dire une grossièreté. Non seulement les gens offusqués ne m'appréciaient plus, mais de plus j'étais reléguée à manger dans la cuisine. La honte faisait partie aussi de mon quotidien.

Philippe était un véritable amateur de westerns, et ne devant pas jouer comme une adolescente qui minaude, nos rapports étaient de terribles combats en la taverne et d'homme à homme, enfin c'est ce qu'il voulait ! Il était toujours le commandeur d'une autorité indéniable, et moi la fille, celle qui devait être commandée ; bien voyons ! Nous prenions mille risques sans aucun code et allions jusqu'à nous battre sur les échafaudages placés pour un ravalement dans la cour. Au cinquième étage cela faisait hurler les gens d'effroi, voyant ces deux chenapans prendre autant de risques pour des jeux que seuls nous comprenions. J'ai vite appris la force, la hargne et la ténacité, je suis vite devenue un garçon manqué et ne lâchais pas le morceau facilement.

Un jour, je réussis enfin à le clouer par terre de la pointe de mon épée, (factice, heureusement !), et il joua le mort à la perfection. Trop bien joué pour mon petit cœur émotif, je me mis à pleurer sur son corps, inconsolable, tout en lui disant entre deux sanglots : ne meurs pas je t'en supplie mon Philouchet ! C'était ainsi que je le surnommais affectueusement lorsque tout allait bien entre nous. Il se releva d'un bond, content de sa feinte et se moquant de moi tout en riant de bon cœur. Moi, je ne riais pas. C'était un peu comme si j'avais soudainement réalisé l'effet que me ferait son décès, qui hélas, arriva réellement, mais plus tard.

Son boitillement rythmé je ne l'ai jamais oublié. De même que son visage de chérubin, visage d'ange sous ses airs malins, sa tignasse noire de jais et son regard franc, de cette franchise qu'ont ceux qui ne craignent plus rien, qui n'ont plus rien à perdre ! Si jeune encore, attaqué de plein fouet par cette maudite maladie et toutes les souffrances qu'elle engendre, lui seul savait la terreur qu'elle lui faisait subir. Que serait son avenir ? Il loupait l'école régulièrement, les filles de son âge, surtout une de mes camarades dont il était tombé follement amoureux, ne s'intéressaient pas à lui. Il était persuadé que la raison de ce dédain envers sa personne, venait de sa jambe. Il était de plus en plus dépressif et aucune âme en cette demeure ne le voyait. Seule moi, je le pressentais. Était-ce pour cela que je le laissais partir dans ses délires ? Certainement. Enfin pouvoir être utile à quelqu'un, quelle audace, quelle chance !

Pour lui pas de piano à queue dans sa chambre, seulement trois lits au départ, puis deux car mon frère, le premier de la couvée, ayant eu l'aubaine d'occuper la chambre de bonne que mes parents louaient, celle-ci située sous les toits, ne montrait son nez que pour les repas. Rien d'autre pour ce jeune garçon que sa misère à traîner, les murs recouverts de chaux des hôpitaux lorsqu'il était bébé, et moi à portée de ses mains : la petite sur laquelle il crachait, vomissait avec violence toute sa douleur.

Pourtant, il savait être câlin mon frangin ! Il parvenait à m'écrire des lettres tendres et chagrines lorsque je me trouvais loin de lui et il m'ouvrait les draps de son lit me serrant dans ses bras, sans gestes déplacés, lors des orages terribles de Paris ; ceux-ci claquant violemment entre les immeubles. Je n'oublierai jamais ses gestes rares et fraternels, ni ses railleries, ni son amour associé à son sadisme. Je fus hélas son bouc émissaire.

Là au moins, je servais à quelque chose dans cette maison où tout n'était que dérision, j'avais moi aussi mon tortionnaire. Ravie de t'avoir si bien servi, sans l'apprécier réellement, à endurer ton supplice, sœur fragile mais complice.

Complice de ton déclin, complice de ton chagrin.

Je n'aurais jamais cru que tu nous quitterais, jamais pensé un seul instant à l'ampleur de ce que tu devais, vaillamment supporter.

À un moment, je me souviens, en ces jours où n'étaient présents que toi, mon père et moi dans la maison, tu te rebellais souvent contre lui. Tu en avais du courage ! Plus de peur pour toi, le travail de la ciguë du malheur coulant déjà dans tes veines, tu l'affrontais vaillamment. Aucune crainte en toi ne se manifestait. C'est en mettant ta musique à fond que tu le rendais enragé, il arrivait dans ta chambre poussé par l'acrimonie, mais confronté à ton regard déterminé, dissuasif, il repartait. La guerre se répétait inlassablement jusqu'à ce que ce père colérique s'engage une fois de plus à tout casser dans la salle. Moi, je restais prostrée dans ma chambre avec vue sur la tienne, comprenant enfin que tu savais à la perfection ce que nous nous cachions depuis si longtemps à propos de lui. C'est ma mère, ma sœur, notre nom que tu vengeais bravement, c'est lui tout entier que tu refusais avec hardiesse !

Notre mère, tu ne lui faisais pas de cadeaux non plus. Parler pour toi n'est pas facile ni parole d'évangile puisque tu n'es plus là pour certifier mes dires.

Je pense que tu lui en voulais toi aussi de nous laisser vivre l'invivable. Tes façons, maman, de te décharger de ton stress, de ta hargne et de ta haine sur mes aînés au lieu de déguerpir au plus vite de ce lieu malfaisant étaient inexcusables pour lui. Les coups, les têtes noyées jusqu'à la suffocation et autres réprimandes, ton fameux silence envers notre père, ont dû le forcer à te haïr à son tour.

Silence.

Lorsque notre père est décédé, bien après la mort de Philippe et Bruno, tu as tenté de me faire croire que tu ne savais rien de ce qui se passait. Pour toi, Philippe était homosexuel voir pédophile, ce qui est faux : il n'y avait pas enfant plus pur que Philippe ! *Idem* pour Bruno. Certes, celui-ci était bien homosexuel mais certainement pas pédophile. Comme si la pédophilie était forcément héréditaire ! Je n'ai rien dit mais au fond de moi, je t'ai plaint profondément et tu m'as presque fait peur. Maman, je ne t'ai jamais crue sur beaucoup de tes affirmations, heureusement. Si tu pouvais cesser un jour de vouloir nous faire avaler des couleuvres à ma sœur et moi et ainsi de te blanchir, cela nous ferait un bien fou. Je ne te demande rien, je sais tout, mais cesse de m'attaquer sur ce sujet là.

Alors prends ce que je te donne, comme on garde l'amour de son chien fidèle.

Par cette phrase, je veux tout te dire.

J'entends encore le son de ta voix, Philippe. Calme et déterminée, lorsqu'un jour tu me convias avec amabilité mais le visage sérieux dans ta chambre. Cette chambre n'abritant plus que deux lits dont un souvent vide, mon frère Bruno, musicien ayant été émancipé à seize ans tout comme ma sœur, mais n'arrivant que très tard à la maison. Il travaillait déjà, faisant des petits boulots et allait au conservatoire régulièrement afin de peaufiner sa vocation.

Tu m'expliquas consciencieusement la façon très technique dont tu te donneras, plus tard, pas si tard que cela au fond : la mort.

Bien évidemment, tu ne me l'as pas formulé de la sorte. Juste un cours scientifique semblait m'être démontré. Sachant tous les efforts que tu faisais afin d'arriver au niveau du génie de la famille dans tes études de médecine, peinant mais y parvenant, je pris cela pour un appel effréné envers mon admiration puisqu'ailleurs l'on ne s'intéressait pas à tes capacités intellectuelles, tout comme moi.

Juste un croquis. Tu me montras la trajectoire d'une balle partant de l'oreille et dirigée vers un certain point du cerveau afin que « l'affaire » soit propre et nette. Pauvre ignorante, encore enfermée dans ma bulle, dans mon adolescence, je ne sentais pas le danger venir. Je me demandais bien à quoi pouvait servir ce cours d'anatomie quelque peu bizarre. J'étais bien loin de m'imaginer ta future agonie.

Pourtant, l'été d'avant, tu avais confectionné tes propres balles avec du plomb que tu faisais fondre et moulais, (cela aussi, tu avais dû l'apprendre en cachette), mais je songeais que c'était pour chasser avec tes amis ou notre beau-frère. L'odeur acre et écœurante du plomb fondu nous rendait tous malades, sauf toi ! Tu possédais depuis peu une magnifique carabine Winchester que tu t'étais achetée avec le salaire de ton premier « job » d'été, et t'entraînant souvent dans les prés montagneux, tu savais viser à la perfection.

Philippe, mon Philouchet, tu étais déjà mort au plus profond de ton être, abîmé par les mêmes persécutions que moi, plus celles de ta cruelle maladie. Tu avais prévu ton trépas, ta mise à mort, mort loin des remords, loin de cette vie bien trop pénible pour toi, malgré tous mes efforts afin de t'accompagner à mes dépends dans ton besoin humain de partager tes souffrances. As-tu, toi aussi été touché, humilié dans ton corps et dans ton âme par les monstres que j'ai connus ? Bien sûr, mais tu ne m'en as jamais dit mot.

Une goutte de sang, en effet perla au creux de ton oreille le jour fatidique ; bravo, tu nous as épargné cela : un visage chéri qui aurait été terriblement défiguré par une balle fatale. Quel courage tout de même, quelle détermination ! Tout avait été préparé à la perfection : ton voyage vers notre maison montagnarde, tes affaires soigneusement réparties pour tes amis, une lettre peu explicite au regard de mes parents ; bref, une mise en scène macabre bien ciblée d'une âme perdue.

L'odeur de ce gigantesque vieux tilleul, surplombant le petit cimetière où repose ton corps, la résonance de son feuillage agité par la brise juste avant l'orage, tous ces détails me ramènent à toi, inlassablement ! Alors, je m'assois sur le petit banc et prie afin que Dieu soit clément envers toi. Mais ce n'est qu'un rêve, jamais je ne suis retournée dans ces montagnes depuis si longtemps. Je n'ai même pas eu le droit de venir te dire un dernier adieu, là-bas. J'avais seize ans je crois, et mon frère Jean-François m'avait donné des calmants si forts que je ne faisais plus que de dormir. Mes parents en sont revenus endeuillés, ma mère voilée était encore plus l'ombre d'elle même qu'avant.

Au pied de ces montagnes tant aimées, gît une âme pure d'enfant innocent. Depuis ce jour, en pensée je m'y recueille afin d'écrire des poèmes ; pauvres poésies, pour faire languir ou ressortir, enfin le deuil. Mes lecteurs, hélas, prennent parfois mes écrits pour du pathos ! Ils ne sont pourtant qu'un ensemble d'émotions.

Je ne parviens toujours pas à y croire. Je pourrais te rencontrer au coin d'une rue, je me jetterais dans tes bras, nous prendrions un café et parlerions enfin de ce qui nous a blessés ou de nos peu probables bonheurs.

Flash back.

Paris encore, ma sœur battue à coups rompus, sous mon regard hagard, effrayé et honteux, honteux du peu que je puisse faire afin de la délivrer des mains de fer de ma mère. Peu importait la raison de cette sauvagerie, j'en subissais, moi aussi tant de fois. Mais pour elle, ne rien faire, pour celle que j'aimais, celle-là qui se traînait, là devant mes pieds, secouée par de longs sanglots inconsolables, me brisait le cœur. Celle à qui on a coupé les cheveux pour plus d'humiliation, celle qui, chaque matin, brossait les miens épargnés, longs et blonds à souhait, presque jalousés ! Pauvres mains innocentes et tremblantes, chargées d'incompréhension. Petites mains presque maternelles que je sentais fébrilement glisser sous mon épaisse et ondulante chevelure. Geste accompagné, je l'entendais bien, d'une sourde plainte ainsi que de lourdes larmes. Tu aurais pu me faire du mal, m'en vouloir car j'étais celle qui avait le droit d'avoir les cheveux reposant sur les épaules. Mais pourquoi pas elle, dites le moi ?

Petite sœur de misère, mon aînée mais ma gamine, presque mon enfant, si tu avais su à ce moment là que mon infortune était bien dissimulée, même sur mes longs cheveux malheureusement maculés.

Je te laissais faire docilement, consciente malgré l'affliction que ce long coiffage me procurait, qu'il fallait ces gestes pour te consoler, pour rêver un peu comme on peut coiffer une poupée qui aurait les cheveux dont nous rêvons toutes.

Avant que tu quittes définitivement la maison, tu prenais tes repas presque tout le temps dans la cuisine ; ce souvenir vient seulement de me revenir ! La pitié et la tristesse me bouffaient le cœur. Je t'aimais tant, si tu savais !

Ton départ a été brusque, inexpliqué par mes parents. Plus de conversations chuchotées et secrètes le soir, plus de cette odeur de cigarette que tu allumais et fumais en cachette afin de te décontracter. Ma chambre devenue vide de toi m'a laissée longtemps telle une gosse paumée. Bien sûr, plus de violence sous mes yeux, bien sûr, partie ta souffrance avec nos adieux, que dis-je, il n'y eu même pas d'adieu ! Je t'ai cherchée longtemps, appelée dans mon sommeil d'enfant. J'ai essayé de percevoir quelques conversations me donnant des pistes, mais je ne me souviens de rien. Ils te cachaient à la perfection grâce au silence et aux non-dits destructeurs.

Il a fallu que le piano de mon frère Bruno vienne à ta place pour que mes larmes sèchent et que ce vide se remplisse à nouveau. Il a fallu aussi du temps pour parvenir au jour où je reçus une lettre de toi avec un timbre glissé dedans, et ainsi pouvoir enfin te revoir chez toi avec ton mari et ta première fille. Tu as su me retrouver enfin, et loin de nos bourreaux respectifs, nous avons entretenu des rapports privilégiés. Je les partageais plus tard avec mes frères devenus grands, plus calmes, Philippe en faisait encore partie, inestimable cadeau !

Sur cinq donc, nous devînmes trois au moment précis où notre sœur nous quitta. Notre frère aîné toujours préservé, était niché le plus souvent dans sa chambre de bonne et il n'en descendait que pour les repas. Ces études de médecine étaient si précieuses pour toi, maman, que tu lui épargnais toute tâche familiale. Le précieux bijou était préservé.

Mozart, Brahms, Chopin, Fauré, Mahler et bien d'autres compositeurs renommés furent soudainement mes complices.

Boitements, pincements, claques et diverses humiliations m'étaient devenues supportables grâce à ce monumental piano (il prenait la moitié de mon espace vital !) et à son magicien.

Cependant, prirent place aussi d'ultimes rébellions de la part de mes frères Philippe et Bruno envers notre père et l'ambiance devint extrêmement tendue. Encore des sons bien frappés, des non-dits crachés de leurs bouches grandes ouvertes, emplies de haine bien compréhensible, d'insolites et navrantes colères mais impuissantes cette fois-ci du patriarche, des silences mal assumés, des sons présents encore en ma mémoire, assez violents afin de mieux m'exécuter et de me mortifier.

« Il y a des jours où je voudrais me mettre au lit, et dans l'ombre à n'importe quelle heure, me cacher la tête et me tenir entre mes bras entre le sommeil et la vie, entre mon âme et mon corps et frémir d'être moi. » Paul Valéry.

Voilà ce que je ressentais en cette solitude effrayante, trop jeune pour avoir cet affranchissement bénéfique.

Au final dans cet appartement, je devins seule sans soupçonner que j'allais l'être encore plus, plus tard...

Cette solitude venait du fait que mes deux frères restant présents n'étaient plus aussi souvent près de moi.

Philippe s'était calmé, s'enfermant dans un mutisme et une intériorisation de jeune homme dépressif. Autant dire que j'étais seule parmi les morts vivants. Je reviendrai plus loin sur cette terrible finale familiale.

Je reparle de mes émotions afin de mieux les apprécier, de les comprendre et de les canaliser. Les émotions représentent à la perfection ce que nous sommes profondément.

J'en reviens aux odeurs. Les odeurs, oh les odeurs ! Senteur de musc, de tourbe enchaussée ou d'herbe trempée après l'ondée, l'exhalaison des muscles, l'aigreur de sueurs et de gestes souillés, les parfums entêtants de champs de lavande se distillant au soleil levant, les arômes âcres et doux du sable mou que foulent les pieds de l'enfant, l'effluve fugace d'une cascade suicidaire se jetant en une énorme masse bouillonnante follement affolée... Tous ces fumets campagnards qui ne m'ont jamais échappé ! Puis la ville, fragrances étouffantes des bouches de métro grandes ouvertes pour des gens trop pressés, odeurs éthérées de quelques charmilles au bois du Vésinet où vivait alors mon amie d'enfance, senteurs fumagines des marronniers urbains, de ceux de nos écoles ; et j'en passe tellement !

Ville, campagne, forêts, mers et lacs m'ont alloué les plus belles senteurs allégeant celles du malheur.

Je suis un « nez », je serais capable d'écrire un livre entier sur ce sujet. Tenez, il se nommerait « le parfum » par exemple. Hélas non, il existe déjà et il n'est pas de moi.

Revenons aux parfums et finissons-en ! Surtout celui de ma mère, celui de son visage penché sur son « très sage » bébé. Fragrances vite échappées de ma vie car trop vite finie la rassurante odeur de sa crème du soir collant légèrement sur mes joues offertes au baiser, juste assez pour me donner la faculté de trouver un sommeil réparateur. Terminé ce rituel odorant, car devenue par nature non plus un bébé mais un enfant tout simplement, je n'avais plus l'honneur du temps qu'elle me consacrait, encore heureuse tout de même d'avoir en sa couvée un ange silencieux qui ne procurait aucune difficulté.

Vinrent les parfums d'un autre âge : ceux de l'école. Bois écalé du crayon usé afin de poursuivre le travail entamé, de se plier encore aux ordres d'une maîtresse femme, relents de l'encre fuligineuse et de sa couleur noire et profonde ressemblant si fortement à mes désespoirs et à mes devoirs, encre nichée dans la petite trouée de nos vieux bureaux. Surtout dans le bureau de l'autre esclave placée derrière moi ! Alors celle-là, avec sa passion de placer délicatement le bout de ma tresse dans ce liquide noirâtre et de la lâcher contre mon tablier bien propre, bien repassé. Quelle immonde traîtresse, lâche, provocatrice, voleuse de bonheur, vengeresse idiote de ses propres malheurs sur une innocente. Que j'étais vilaine alors, petite fille aux cheveux d'or et à l'habit sale. Je revenais en traînant le plus longtemps possible chez moi les yeux baissés devant ceux exténués de ma mère. Tremblante, je ne trouvais qu'une phrase à lui dire : « désolée maman, le coup m'a été porté dans le dos, rien pu faire maman ! ». L'odeur de ce fumet âcre qui restait, attaché à sa tache ainsi que ce regret qui me poignardait, celui d'imaginer ma mère face à une besogne de plus pour le soir car il lui faudra laver, frotter, voire rapiécer. Pardon, oh pardon ! Je dois être sage, ne rien rajouter dans ta vie de labeur, garder les odeurs des souillures et ne pas les emporter jusqu'à tes mains !

Heureusement, il y en a pourtant qui me sont restées des odeurs, des bonnes celle-là. Fragrances des livres, neufs ou vieux, odeur boisée et chaude de leurs pages quelque fois enluminées par de belles images et souvent enrichies par de sublimes phrases.

J'ai très vite happé ces rêves offerts, au fil des pages. Merci à ces trouvères, à ces magiciens m'apprenant la vie, celle qui vous donne l'envie, l'envie de rester en vie. Lire, lire à n'en plus finir, vivre la vie des autres, leurs amours purs et nos détresses communes, oublier que je m'oubliais ; abstraction sans odeur ni lueur. Capturer leurs beaux souvenirs ainsi que leurs délires, délirer c'est un peu s'accrocher à la vie non ? Cela je ne me le permettais surtout pas parce que ma fièvre à moi, elle m'aurait fait mourir. Instinct de survie, certainement, dans les recueils que je lisais, je pleurais ou riais, mais pas pour moi, pas à cause de ma vie, du moins c'est ce que je pensais.

Saisir la vie de l'écrivain, et en vain, s'y croire enfin, vierge de toute souffrance, bercée comme par évidence grâce à leurs souvenirs volés. Oh oui, boire encore à la fontaine de leurs paroles simples ou alambiquées et hallucinantes. S'halluciner soi-même de pouvoir songer à une vie future et meilleure, sans détour ni remord. Quel bonheur !

Je me régalais buvant les mots de ces fantastiques narrateurs décrivant les rues de Paris, du très vieux Paris, celui-ci devenu à nos jours insipide finalement en comparaison avec les descriptions des marchés, du grouillement de gens hétéroclites dans les cafés où tout le monde se connaissait. J'enviais leurs nuits passées aux halles aujourd'hui disparues, le fumet des soupes et diverses tripailles cuites en grande quantité, vendues dans le froid glacé des hivers parisiens.

Je m'abreuvais de ces descriptions fortes en odeurs et en images. Qu'elle était petite mais vivante la capitale en ce temps là où les poètes et les esprits plus cartésiens se mêlaient comme des amants.

J'enjolivais certainement le tableau, assoiffée de piment et d'étourdissement.

Bien sûr, ce n'était pas le Paris aseptisé bien propret, mais quelle vie, que de richesses sensorielles ! Être « Nana », la sauvage « Esméralda », le petit « Gribouille » ou le courageux « Gavroche », puis plus tard, « Angélique ». Changer de peau, de courage et de caractère sans aucune barrière, voilà ce qui me ravissait. Braver de terribles épreuves, en suer à la lecture, en pâlir, puis s'en sortir grâce à des bras virils et un regard de velours ; que demander de mieux ? Le livre qui m'a le plus marquée et dont je me suis sentie presque la narratrice a été « l'écume des jours » de Boris Vian. J'ai vécu au fil de ses délires et de ses cauchemars où il décrivait le rétrécissement du lieu où l'on vit comme un enfer les mêmes sensations que lui, frôlant la folie à chaque page. Magnifique écriture ; je m'étais régalée !

Savoir que l'on peut crier son désespoir en toute liberté, sortir du mutisme implacable du non-dit ; être enfin soi-même. Puis, quoi qu'il arrive, que l'on vous aime !

C'est tout cela que les livres m'ont offert : le goût de l'absolu, de l'intégrité ainsi que de la liberté de penser et de l'échange. Prendre des leçons de vie, très tôt, le plus tôt possible.

Le toucher, le frôlement des pages fines ou rudes, ce toucher tantôt caressant, tantôt crispé, tantôt timide, voire parfois embarrassé, ces petits livres neufs ou vieux, avec leurs petites odeurs et leurs grandes phrases, combien je les aimais !

Partie, enfuie, loin, très loin, absente pour des raisons personnelles, délogée de ma vie réelle, tout me semblait alors réalisable et impérissable. Une eau salvatrice coulait alors au long de mes doigts fébriles et une nuée cicatrisante enveloppait mon âme blessée. Je me souviens encore du don de ces écrivains et du bienfait dérivatif que je cherchais en vain : celui des larmes versées. Qu'elles fussent de joie, de peur ou de haine, mais brisant une à une mes chaînes et me laissant le droit enfin d'exister. Oh mon Dieu, tous ces dons que je chérissais !

De même existaient les sons ; oh oui les sons ! La musique et ses mélodies, régal des sens auditifs à m'en donner des frissons. Dans cette maison, elles étaient aussi une de mes passions cachées, volées à la sauvette. Elles étaient l'exutoire essentiel de mon désespoir.

Les doigts frappant le clavier du merveilleux piano à queue, l'acoustique envahissant l'espace entier de ma chambre et ce visage inoubliable, inoublié du magicien seul maître en ma demeure. Et ces yeux fermés, comme perdus dans un autre cosmos ; les yeux de mon frère adoré, mon drapeau, mon emblème, mon virtuose, mon cadeau, mon diadème, et pourquoi pas mon osmose ? Je les revois encore.

J'entends, oui, j'entends Chopin déferler sous ses doigts de prodige, sa voix chaude et douce, rythmant la dextérité de ceux-ci, la sonate au clair de lune, les variations de Bach, mon oreille musicale me surprend encore à entendre ces sonorités venant du plus profond de son « lui ».

Ton visage transcendé, magnifique, mon frère, mon Dieu que je le vénérais ! Nous étions en symbiose comme un couple d'angelots, portés au paradis par le son délicat de ce piano d'ébène laqué. Rien en ces moments précis et magiques n'aurait pu nous faire songer une seconde à un futur tragique, une fin subite et éternelle. Nous étions loin du vacarme extérieur et de ses rumeurs. Ce sont toujours les plus beaux bijoux que Dieu nous enlève, hélas, afin de nous rendre plus pauvre, plus humble certainement. Les ors de ton regard sur moi, le silence empli de ta musique en moi ; c'est cet ensemble ardent qu'il me reste le plus de toi.

Lorsque tard le soir tu revenais du conservatoire, encore éveillée et lutant contre le vilain marchand de sable (quelle idée que ce guignol là ? Encore une idée de parents pressés de voir leur progéniture leur laisser enfin la paix), éveillée donc, rien que pour ta visite avant mon sommeil, je te voyais arriver m'apportant le miel de nos soirées : un peu de ta marchandise comme tu me le disais tendrement. C'était ton repas réchauffé, donc celui que je préférais parce que nous le partagions dans le calme de la complicité cachée. Là, tous les deux, loin des violences des repas familiaux, je pouvais retrouver enfin l'appétit et j'écoutais l'histoire de tes jours passés loin de moi. Notre secret, notre beau mystère, le mirage d'une bribe volée, cette vie extraordinairement dissimulée, n'appartenait qu'à nous.

Puis ce piano devint soudainement silencieux pour de multiples raisons, parti de ma tanière ainsi que tes apparitions joyeuses et ton soutien. Silence qui vous tue, les mains absentes ainsi que ce corps qui les mouvaient tel un marionnettiste, tout ce bonheur enfin offert puis, réfugié un jour sous le linceul. Vinrent mes larmes, mon second deuil, ma camisole je revêtis.

Qui, quel être suprême a su ne pas me faire devenir folle ?

D'autres voix, la voix par exemple de ceux qui croient ou ne croient plus, de ceux qui aiment ou n'aiment plus. Toujours la même puissance entre la paix et la violence. Toujours cette sensation qu'il n'y a rien de plus beau, rien de plus haut et de plus fort que l'amour pour vous transporter encore en ce monde retors. Avoir aux commissures de la bouche un sourire qui éclabousse, porté par des sons mélodieux, nous ôtant de cette vie d'enfance et sans façon le poison déprimant, dévorant, aigre et mortel.

La musique fut mon humble retranchement. Je m'y enfermais afin d'être encore sagement silencieuse, il ne fallait surtout pas hurler. Alors les sons firent en moi leur chemin salutaire.

Tourbillons affolants, silences vitaux, violons émouvants et envoûtants, cadences effrénées, valses tendres, sonates mélancoliques, opéras pathétiques et différentes disciplines, vous avez été pour moi une protection divine. Cœurs, canons, concertos, musique sacrée et sacrés musiciens, vous resterez jusqu'à la mort au plus profond de moi.

Touchée, armée et épargnée, je le fus grâce à mes choix musicaux hétéroclites mais libérateurs. Par exemple celui-là, à la voix muée par des sanglots retenus, me parlant du temps : « avec le temps… ». Il m'a fait maintes fois pleurer. Non, avec le temps, excuse moi rien ne s'en alla, rien pour moi ! Et l'autre, chantant ma langue paternelle, de trémolos en ritournelles, mandolines et filles au balcon, quelle rage il avait de décrire ainsi les affres de l'amour !

Celui-là aussi, la « gueule » taillée au couteau, pleurant Mathilde, consolant son pote face à un verre, verre de larmes et de drames. Sa valse à quatre temps, les vieux, seuls, percevant leur horloge et guettant la paix du ciel comme moi attendant une délivrance. C'est celui-là, aux dents chevalines, au cœur cristallin et aux yeux d'opaline qui me toucha le premier. Ses mains tendues vers l'impossible, et l'impossible je le connaissais bien.

Lui, avec ses paroles fiévreuses de ces fièvres qui vous laissent sans force, à force de vous empêcher, à force de vous enfermer ! Sa passion acérée fut une révélation pour moi ; révélation de mes propres passions étouffées.

Une petite bonne femme, une môme, une sacrée môme m'envoûta aussi, me toucha droit dans les tripes. Elle m'a volé des larmes de joie, d'admiration et de désespoir partagés. Quelle puissance, quelle présence, que de réalisme et d'expression ! Les bras tendus elle aussi, la bouche ouverte, béante, parfois violente, le regard émouvant et saisissant, ses mains diaphanes et sa voix venue d'ailleurs, d'une autre planète, assurée, parfois troublante et bouleversante. Je l'ai perçue à cent pour cent ! Frêle silhouette vêtue d'ébène, tout en toi me ramenait à ce que je refoulais depuis trop longtemps, cette envie et ce besoin de chanter, d'être une voix, une mélodie, un cri, enfin d'être tout court. Merci petit rossignol, merci pour ta prestance.

Tout cela pour mon imagination féconde, immense sillon assoiffé de cette eau suave, me rendant enfin fertile. Emplie de frissons, frôlant la transe, voilà ce que la musique faisait de moi : une droguée. Voilà aussi où je m'enfermais : dans le plus délicieux des paradis, mon tendre paradis.

Ce père que je maudissais, étonnamment me surprenait. Je l'écoutais. Italien à la voix grandiose, il avait cette qualité là, la seule que je lui accordais. Comment son esprit malade et son corps majestueux mais malpropre pouvait me faire frémir lorsqu'il chantait Le Trouvère par exemple ? Oh papa, tu aurais pu être le plus grand baryton du siècle, avec un peu de travail. Enfin, et malheureusement, tes cordes vocales n'étaient pas pour toi ton unique passion, une plus malsaine envahissait ta raison, nos vies et notre maison. Tu étais pédophile. Voilà, j'arrive à écrire ce mot sans en rougir, sans porter sur moi, sur ma vie, l'immonde pelisse nauséabonde de tes vices !

Du bonheur j'en ai eu, je l'ai volé afin de mieux voler. Planer dans l'éther de mes rêves, pourtant sans cesse détruits.

Le week-end, certaines fois, mon parrain et ma marraine m'emmenaient avec eux à la campagne non loin de Paris. La petite bourgade se nommait Orry La Ville. Ils avaient construit un chalet de fortune, presque une bicoque exécutée de planches de bois récupérées, et le tout formait un petit nid douillet été comme hiver. J'aidais mon parrain à cultiver sa parcelle de potager, je passais la tondeuse et nous faisions de longues promenades dans la nature. Des amis à eux habitaient une maison dans le même bourg et nous passions des soirées ensembles à jouer à la belotte. J'aimais ces moments de pose, arrêts salvateurs et reconstituants.

Il ne faut pas que j'oublie les beaux souvenirs, beaux à en souffrir car au milieu de notre malheur familial, il était presque honteux pour moi d'éprouver tant de bonheur.

Un matin à Orry, alors que je me levai de bonne heure, j'allai marcher un peu vers un sous bois barricadé par des barbelés et qui m'attirait, allez savoir pourquoi ? Peut-être cette odeur musquée du bosquet ou alors la sensation qu'il y existait un être exceptionnel, caché là. C'est dans une brume matinale que tu m'apparus, lentement, royal, splendide cheval, tel un mirage. Rêve permanent en moi, par miracle exaucé en ce matin d'automne. Première approche délicate, compréhension de nos regards chaleureux, toi derrière ton grillage, moi les doigts accrochés à celui-ci.

Curieusement, mes rêves les plus beaux se réalisent le matin : je suis une fille du matin, une fille de la brume et du soleil levant. Cette lumière floue et lumineuse en même temps, transforme tout ce qui m'entoure en beauté époustouflante où tout rêve est permis.

À chaque aurore je venais t'observer les mains crispées sur ce grillage froid qui nous séparait, ton allure fastueuse et ton calme rassurant offraient à mon imagination toute la pureté souhaitée. Tu t'acheminais en trottant autour des arbres, t'approchant de plus en plus de moi, frôlant presque mes doigts le regard fixé au mien, et le mien émerveillé, presque embué. Regard mouillé de ces larmes, coulant entre bonheur et supplication.

Mes narines aussi largement ouvertes que tes naseaux frémissants, humaient l'odeur particulière de ta robe baie foncée. Je ne me lassais pas de t'observer émerveillée par ton trot enlevé et leste, faisant ondoyer ta longue crinière légère et souple, battant tendrement ton encolure courbée, rien de trop, rien de plus beau ! Cette queue aussi, sombre masse luisante tanguant au rythme de tes pas, frôlant à peine tes guêtres blanches, finissait à la perfection tes lignes parfaites accentuant ta liberté.

Mon rêve, mon impossible rêve, mirage boréal, image extraordinaire, que n'aurais-je fait pour t'approcher, te caresser, t'enlever, te voler et te choyer ?

Depuis ce jour inoubliable, tous les matins je venais te rencontrer, et tous les matins mes bottes je mettais. Mais lors de chacun de ces crépuscules mes larmes coulèrent de ne pas pouvoir t'approcher plus.

Nous nous étions apprivoisés à la sauvette et sans violence, juste par pensée partagée et regards croisés, reconnaissant mutuellement nos odeurs respectives, notre chaleur : celle du cœur.

Un jour inespéré vint vers moi la propriétaire du corps et de l'âme de ce cheval que je vénérais tant, femme à la démarche déterminée mais au visage d'ange et doux. S'approchant de moi elle se mit à me parler. Moi si timide d'ordinaire, poussée par une volonté divine, je me présentai et allai droit au but : « j'aimerais bien monter votre cheval s'il vous plait ! ».

Mon regard a dû lui faire comprendre : « par pitié, votre cheval m'emballe, me déballe, me trimballe, bref, m'est capital ! ». Gentiment, ma fée certainement touchée par tant de spontanéité pour une jeune personne, me proposa un rendez-vous pour un autre matin, un peu loin à mon avis, j'étais alors tellement impatiente. Et puis, qui me disait qu'elle n'avançait pas cette belle promesse m'estimant certainement très naïve et trop jeune pour posséder tant d'impudence ? Quel poids pouvait avoir la supplication d'une petite fille sur une adulte ?

Le quotidien devint depuis ce jour un véritable chemin de croix. J'avais toutes les difficultés pour ne plus songer à ce doux rêve, à cette attente douloureuse, interminable et incertaine. Si la dame prometteuse avait menti, finies alors les folles envolées dans le petit bois et la fierté immense d'approcher cette somptueuse image.

Mais la parole fut tenue. Ce matin là, toujours postée devant le grillage, nerveuse et tremblante, je vis enfin la femme venir vers moi. Elle me demanda de la rejoindre jusqu'à la grille de sa propriété. J'avais mis mes bottes en caoutchouc, un gros pull, un manteau bien chaud ainsi qu'une écharpe moelleuse autour de mon cou et mes espoirs en instance. Les cheveux tressés et la mine épanouie, j'étais prête autant qu'un soldat attendant le combat à affronter l'inconnu. Timidement, j'allai alors jusqu'au portail, et je vis une noble bâtisse entourée harmonieusement d'une pelouse fraîchement tondue, une glycine hibernante s'enroulant autour de volets bleus ; bleus comme les cieux de ce jour ! Je devais avoir six ans à peu près, et à cet âge là, il faut beaucoup de courage pour aborder l'inconnu et laisser derrière soi ses émotions ainsi que son appréhension.

Mon hôtesse, adorable et compréhensive fit mine de ne pas entrevoir ma gêne et mon embarras. Elle me mena au bocage où se promenait mon ami, ami de silence, de complaisance.

Soudainement, dans un halo de lumière apparut l'étalon, arrivant au pas, docilement. Mon cœur battait la chamade, la chamade frappait mes tempes. Main offerte, licol tenu, tapis de selle posé, étriers inexistants ; à moi de jouer !

Avant tout, il était nécessaire de l'approcher, de le toucher avec délicatesse, de le sentir et de poser le plus doucement possible un baiser tendre entre ses naseaux ; quelle volupté ! Il ne bougea pas, s'abandonna à mes caresses puis se laissa monter. Pour cela, il fallut que sa propriétaire m'aidât à me hisser sur son dos car mon Dieu, qu'il était haut ! Elle plaça mes jambes fermement contre ses flancs, me prêta une bombe (légèrement trop grande), et nous nous promenâmes à travers le petit bois. J'aurais souhaité qu'elle me laisse seule avec ma monture, que nous soyons un couple enfin trouvé, uni, choisi et plongé dans la béatitude d'une rencontre. Mais l'innocence de mon âge ne me permettait pas de réaliser que je montais un cheval de haut niveau ; un pur sang. Il paraissait calme, pouvait être imprévisible certainement et devait avoir une grande valeur hippique.

Comme j'étais importante subitement. Tout contre mes cuisses bien serrées je sentais ses muscles tendus et la chaleur de son corps. Flatter, tapoter, susurrer, tanguer, humer, aimer à en perdre la raison ; j'en oubliais que nous n'étions pas seuls. Tous ces gestes, ces sentiments en si peu de temps, c'était presque trop pour mon cœur demandeur à outrance. Même pas froid, même pas peur, même pas mal, malgré l'hiver, malgré mes petites jambes écartelées ; que du bonheur ! J'avais trouvé ma vocation.

Le silence, juste le bruit de ses pas foulant brindilles et feuilles mortes, la tendresse enrichie par cette connivence exceptionnelle, me furent offerts tel un trésor.

L'arrêt de la danse légère que nous entamions fut brutal. Il fallait bien que cela cesse à un moment donné. Il fallait bien aussi que mon rêve exaucé se terminât hélas... Je pris donc congé de mon ami et de sa maîtresse, remerciant grandement leur générosité, et l'air désinvolte je partis sans me retourner. Des larmes chaudes me défiguraient, je n'aurais pas voulu qu'ils me voient ainsi. Ce rêve accompli tourna au cauchemar car jamais je ne revis le cheval et sa cavalière. Pourtant, j'en passai des jours et des jours à attendre leur retour, mais ce rêve n'eut pas de trêve. Tout au long de ma vie, il restera ancré dans mes songes, bien présent et sans relève.

Mes parents finirent par louer une parcelle de terre non cultivée à des amis qui résidaient dans le Perche. Ils y installèrent une caravane et nous venions y passer des jours et des nuits champêtres lors de congés divers. Étrangement, cette période fut une accalmie générale au sein du foyer. Il n'y avait plus que mon frère Philippe et moi qui accompagnions nos parents. Nos amis, anciens concierges en retraite de notre premier logement à Paris, habitaient juste derrière notre bivouac. Ils étaient tous les deux adorables et le rire faisait partie de leur quotidien, auprès d'eux nous nous détendions. L'hiver, le caravaning était plus dur à supporter. Enfin, bref, tout ceci pour en venir au fait que l'équitation entra par miracle, et réellement dans ma vie. Mais comme tous mes espoirs jusque là, le rêve cessât aussi brièvement qu'il arrivât.

Il y avait un petit centre équestre établi assez près de notre ville, et à force de réclamations incessantes et du soutien sympathique de mon entourage, mes parents cédèrent enfin. Mon père adorant les chevaux et ma mère se souvenant de ses propres dons en la matière, écoutèrent mes incessantes suppliques. Et puis, c'était un petit centre familial, sans prétention et peu coûteux.

Mon moniteur appréciait mes qualités et ma rigueur (innées, génétiques ?) d'écuyère et encourageait mes parents à me faire monter les différents échelons de ce noble sport. De mon côté il me suffisait grandement de pouvoir réitérer mon rêve, de le perfectionner et de l'enrichir. Je connus là des moments exceptionnels, des souvenirs éternels, et inconsciemment je réalisai que les animaux avaient des vertus bénéfiques sur moi. De nos jours nous savons tous que les enfants ou les adultes qui ont des difficultés diverses se retrouvent sereins auprès des animaux.

Hélas encore, le sort voulut que ce bonheur cesse, la caravane ayant été pillée lorsque nous étions à Paris, il n'y eut plus de voyages dans le Perche, ni de chevaux dans ma vie. Le quotidien reprit son train-train et nous, les enfants, notre tristesse.

Restèrent pourtant quelques petits bonheurs, grains de sable encore instables, posés un à un, petit à petit, afin de construire un mur ; le mur des souvenirs que seule je pouvais franchir. Mur du soulagement de ma vie ; voire plus loin sans me retenir. Chercher, créer, découvrir, falsifier un horizon trop dangereux pour moi.

Des souvenirs à en rire et non à en maudire, des nuages toujours céruléens, des soleils incessamment éclatants, des gens perpétuellement heureux et sains, des animaux échappant à leur triste sort, bref je vivais dans l'irréel et l'abstrait.

Silence.

Silence de l'enfance s'éloignant sur un océan immense, passer le mur et d'un coup de pied, finir par plonger de force chez les grands.

Comme je l'ai écrit, à la mort de mon frère Philippe j'ai quitté le logis familial et mes études d'arts appliqués à deux semaines du bac pour me jeter à corps perdu dans les bras d'un ami d'enfance de mes frères et de ma sœur. Celui-ci fut mon premier mari. Il avait dix huit ans de plus que moi. Lorsque je suis née, il m'avait prise dans ses bras. Mes frères, voyant que je plaisais bien à leur copain, lorsque j'avais douze ans, me nommaient toujours : Mme X, nom propre de cet homme. À cet âge là je me rebellais car il ne me plaisait pas du tout. Comme quoi, il ne faut jamais dire : « fontaine, je ne boirai pas de ton eau » ! Car vers mes quinze ans, il me fit une cour très finement menée, et déjà guidée inconsciemment par mes réflexes enfantins, je me sentis choisie donc je devais répondre à ses souhaits.

Mon frère Philippe voyait le couple que nous formions d'un mauvais œil. Il essaya de me dissuader d'aller plus loin, mais il était trop tard. Je ne pensais qu'à cet être qui voulait de moi, et qui de plus, s'occupait de ma petite personne que je trouvais encore et toujours bien insignifiante. Parfois je me demande si le suicide de Philippe n'avait pas non plus cette raison pour cause, car depuis que je fréquentais M^r^ X il s'était renfermé encore plus. Voyait-il que j'allais très vite quitter le logis familial ? Lui seul avec mon père, cela aurait été certainement trop dur. Il me confia pourtant ses raisons qui étaient tout à fait compréhensibles et légitimes, mais je les garderai secrètes pour la paix de leurs âmes (je parle de mon frère et de mon premier mari).

De plus, ce livre n'est pas un procès mais seulement un recueil de perceptions qui n'appartiennent qu'à moi. Je n'ai pas à vociférer au nom de qui que ce soit, ce serait de la délation. Loin de moi cette idée puisque nous avons chacun notre façon de ressentir les évènements de nos vies.

Malgré les paroles de Philippe, rien ne pouvait m'arrêter, car enfin on ne voulait pas que de mon corps.

Les lettres qu'il m'envoyait, étaient construites avec des mots d'enfant, du style : « je vais t'acheter des bonbons au cassoulet », et autres écrits puérils. Il était très introverti, certainement traumatisé lui aussi par une enfance difficile qu'il ne s'avouait pas. De mon côté j'attendais des lettres d'amour, chaudes comme le soleil. La déception de son attitude, je me la suis cachée bien longtemps ; à tort.

Partir avec lui était une forme d'auto-suicide de ma part, je le sus plus tard.

C'est un peu moi qui l'ai forcé à tenir sa mère au courant (il vivait encore avec elle), ainsi que mes parents parce que j'étais alors mineure et que la peur de faire de la prison le tétanisait. Tout allât très vite pourtant. Mes parents ayant compris la supercherie (je gravais son nom partout sur le marbre de la cheminée) et trop contents qu'un homme d'âge mûr s'occupât de leur fille ne dirent rien, quant à la maman de mon prétendant, elle n'apprit pas cette union avec joie. Nous avons vécu chacun chez soi jusqu'à la mort de mon frère. Je me souviens que j'allais, le soir, déposer des lettres d'amour dans sa boîte aux lettres avec une amie d'enfance et que nous nous voyions chez lui lorsque sa mère travaillait. L'école buissonnière fut une pratique constante et bien maîtrisée pour moi. Mon amoureux travaillant souvent de nuit, il m'était inconcevable de rester en cours sans pouvoir profiter un peu de lui. Le lycée envoyait sans cesse des courriers à la maison mais le deuil nous ôtait toute réalité.

Je suis restée seule chez mes parents quelque mois, puis ma mère devant se faire opérer j'ai dû demeurer à la maison avec mon père. Là, tout s'est gâté. Il me prenait pour sa bonne, et moi, révolutionnaire dans l'âme et détestant ses façons de faire, ses stations odieuses devant son assiette tel un pacha attendant le service, je pris la poudre d'escampette avec un minimum de bagages et débarquai chez : je ne sais plus très bien qui ?

La mère de mon copain et lui-même d'ailleurs n'en furent pas forcément ravis, mais ils n'avaient plus le choix.

Nous avons trouvé rapidement avec l'aide de mon parrain et de ma marraine un petit, mais coquet appartement, se situant dans le 18^{em} arrondissement de Paris, dans le même immeuble qu'eux. C'est là qu'a commencé notre véritable vie de couple.

J'avais réussi à adopter un petit chat (mon compagnon n'aimait pas vraiment les animaux), je le promenais partout avec moi, même dans le métro. Je l'avais nommé Charly, il était blanc et noir, joueur et très câlin. Je vivais des jours de liberté et d'insouciance avec bonheur.

De tout mon être et de tout mon cœur je me suis tournée vers mon amour. J'avais l'innocence et la beauté d'une jeune femme de dix sept ans. Côté rapports amoureux, ce n'était pas la panacée ni la tendresse que j'escomptais. Mais habituée à ce que l'on ne s'intéresse qu'à ma plastique, je restais sur ma frustration sans mot dire, gardant une fois de plus le goût amer du laissé pour compte. Ce manque de maturité de la part de mon compagnon engendra une certaine exagération de coquetterie en moi. Inconsciemment, puisque je ne m'en rends compte qu'en écrivant ce livre, je cherchais au dehors de chez nous des regards admiratifs et complaisants d'hommes divers, ceci me redonnant confiance en moi et me mettant au même rang que la gent masculine : chasseurs invétérés dans cette grande ville ressemblant à une jungle. Mon ami ne se privait pas pour regarder les belles filles passant auprès de nous, alors pourquoi ne ferais-je pas pareil ? Je voyais pourtant des couples qui ne cessaient de se promener les yeux dans les yeux. Cette vertu de l'amour n'était pas pour moi. Il est bien connu que l'on cherche toujours ce que nous avons près de nous.

Je croyais encore que le prince charmant viendrait à ma rencontre. Ce prince serait pur, viril (mais que pour moi), il me couvrirait de paroles douces, m'écouterait et me parlerait à son tour de sa vie, de son bonheur de m'avoir rencontrée ! « Je te parlerai de ce roi, mort de n'avoir pu te rencontrer » chantait Jacques Brel. Savait-il ce qu'est la solitude affective ? Oui, je le pense, cet homme-là le savait. J'aurais tellement souhaité avoir un jour seulement cette importance là !

Pas encore assez libre dans ma tête et dans mon cœur, il était inconcevable d'être aimée de la sorte. Les femmes voudraient être aimées comme des femmes, les hommes voudraient aimer de leur côté comme des hommes ; sempiternelle et complexe contradiction des sexes.

Pourtant, me lover entre ses bras et contre sa large poitrine velue à souhait et sentir l'odeur de son épiderme me procuraient une sensation de bien-être et de sécurité. Son odeur, je l'aurais reconnue parmi tant d'autres ! Son visage je savais le dessiner de mémoire. Je pense que je l'ai plus observé qu'il ne l'a fait. Je le voyais rarement me regarder, ou alors il le faisait pudiquement sans que je m'en aperçoive. Aucune réminiscence d'un regard amoureux et franc de sa part. Il avait des moments d'abandon et de volupté, heureux en sa demeure peut-être, le seul maître de ma beauté juvénile en tous les cas. Lui était fier de m'avoir comme épouse, moi, j'étais fière de l'avoir comme protecteur. Son charme ; oui, je lui trouvais du charme bien qu'il soit déjà atteint d'alopécie ! Je le ressentais beau grâce à sa force physique, tout simplement. Cela me rassurait. Oui, j'étais réellement amoureuse et persuadée à chaque difficulté que tout s'arrangerait et que finalement je serais assez forte pour deux. Je pensais, naïve, qu'avec le temps…

Non, avec le temps, rien ne nous a échappé, nous n'avions rien oublié.

J'avais à cette époque, une sensualité à fleur de peau, une tendresse certainement envahissante ; cela devait le gêner je pense. Lorsque quelque chose n'allait pas entre nous, et tout particulièrement lorsqu'il faisait le coq dès que nous étions avec nos amis, dévoilant ainsi une deuxième image de lui, il me suffisait de songer qu'un jour il pourrait mourir pour me faire battre le cœur à nouveau et l'aimer de tout mon être. Jamais, jamais je ne demandais, je donnais un point c'est tout, gardant pour moi la peine qu'il me faisait parfois. Pas question de quémander, il était évident que je ne serais jamais une femme implorante. Ce phénomène venait bien de mon enfance, marquée par le visage de ma mère blessée, trompée et restant larmoyante et triste à en mourir auprès d'un époux indifférent. Maman a vécu une sorte de mort lente, aussi je refusais cette fin là ; plutôt périr violemment et sans attente !

Alors, parfois je partais, altière, et revenais vers lui sans rien dire, ayant pris le temps de la réflexion et le plaisir d'un bain de foule ; salvateur. D'autres moments où le retranchement ne m'était pas possible, je devenais un volcan en éruption et cherchais la petite bête à cet homme démuni face à ma passion ; incompréhensible pour lui. Il n'était pas à la hauteur de mes rebuffades, de mes combats psychiques, n'y entendait rien et sa froideur me révoltait. Je me sentais désabusée, seule face à mes douleurs. Sa guerre froide, silencieuse et bien cachée dans les profondeurs de son esprit peu psychologique, contre ma belligérance bouillonnante, exprimée avec force et pugnacité, formaient hélas une alchimie quelque peu déstabilisante entre nous deux. Le malaise y construisit son nid petit à petit sans que nous le sachions. En fait, j'étais une guerrière, je ne lâchais jamais prise. Il n'y avait que dans la solitude, écoutant de la musique tout en dansant à en perdre haleine, ou bien le soir lorsque je lisais que je parvenais à baisser les armes et j'oubliais mes frustrations comme par miracle. Nos rapprochements physiques, fougueux et tendres parfois, m'apaisaient alors. Notre responsabilité envers cette union un peu stérile était de cinquante/cinquante.

Drôle de couple, chacun enfermé dans ses propres traumatismes ou automatismes, nous étions ensembles, mais perdus étrangement devant nos attitudes différentes ou réactions spécifiques ; c'était le feu qui côtoyait l'eau. En y réfléchissant bien, il souffrait autant que moi de son éducation et ne savait que faire des convenances des adultes et de leur savoir faire.

Nos moments libres se composaient de bagarres et de titillements, et ce qui était le plus dur pour moi, c'est qu'il ne me laissait jamais en paix. Pas moyen de lire tranquillement, de méditer, de regarder un film ; M^r X n'aimait pas le calme et ceci jusqu'à la fin de notre union.

J'attendais de sa part du lyrisme, des attentions, des violons et des bouquets de fleurs, des sorties dans des restaurants intimes, de grandes lettres d'amour, égoïste que j'étais dans ma souffrance et mes demandes trop pures ou trop lourdes pour lui.

À mes dix huit ans nous nous mariâmes, en petit comité. Pas de robe blanche ni d'église ; triste mariage malgré le beau temps du mois de juin. Là encore, le sachant réticent envers la religion, je m'étais pliée à ses bons vouloirs. Peu m'importait la forme ; j'avais la bague au doigt et pouvais songer sérieusement à mon but salutaire : celui d'être mère !

Nous avions tort tous les deux, dés le début, pourtant je sais que longtemps nous nous sommes aimés à notre façon, avec nos boulets respectifs bien accrochés à nos chevilles et dans nos âmes.

Je n'en dirai pas plus sur ses qualités et ses défauts ; ils lui appartiennent et font partie de sa vie. Je veux aller au creux de ma vie, m'asseoir sur la margelle de celle-ci, et en voir enfin le fond.

Notre départ forcé de Paris pour atterrir à Sainte-Mère-Église dans la Manche, ainsi que mes deux premières maternités m'assagirent.

J'aimais déjà ce petit bourg et surtout sa campagne sauvage où je me promenais tous les jours avec mes filles, qu'il pleuve ou qu'il vente. Nous allions retrouver la mer sauvage et les plages du débarquement en vélo, (c'est amusant, je suis née un six juin !). Nous traversions de charmantes bourgades et des lieux-dits pittoresques. Les marais démesurés où parfois se dressait un héron cendré au milieu des herbes folles me semblaient immenses, et l'air salin nous arrivait enfin au bout d'une longue et éreintante route. Des goélands et des mouettes criardes planaient au dessus de la morte mer. Ils piquaient de leurs becs des petits vers dans le sable, une fois stabilisés sur la plage, tout près de nous et se laissaient approcher sans crainte, bien trop occupés à leur tâche vitale.

Je découvrais ces paysages avec enchantement et me sentais heureuse de les partager avec mes filles.

À la maison, j'écoutais tous les matins l'émission de Françoise Dolto « Lorsque l'enfant paraît » afin de ne rien louper dans l'éducation de ma progéniture. Je les aimais mes filles ; trop certainement. Elles ont dû souffrir de mon besoin quasi permanent de les embrasser, de les couver, de les instruire ainsi que de jouer encore comme une gamine.

Notre couple pourtant à l'apparence unie, coulait d'une façon totalement imperceptible. La douce routine transforma vite mon caractère passionné, demandeur, déchiré, en une complicité mal partagée. Et pourtant, je faisais tout ce qui était en mon pouvoir pour être à la hauteur. Tous les matins je me levais de bonne heure afin de prendre mon petit déjeuner avec lui, avant qu'il ne parte travailler, et tous les soirs les repas étaient prêts ainsi que les enfants : devoirs, toilette etc. Les repas, je les préparais avec amour, et, n'ayant jamais appris à cuisiner, je faisais confiance à mon sens gustatif et suivais des recettes tout en y ajoutant sempiternellement ma petite touche personnelle. J'adorais cela comme j'adorais m'occuper de mes enfants. La vie qu'il m'offrait n'était pourtant pas facile pour une fille de la ville et de mon jeune âge. Il n'y avait ni eau chaude ni salle de bains, juste une cuisinière à bois et une cheminée comme chauffage. L'hiver, je m'en souviens que trop bien, la glace était aussi bien à l'extérieur qu'à l'intérieur des vitres de notre chambre. D'ailleurs, mon mari avait la sale manie pour rire un peu dès le matin, de retirer les couvertures d'un coup, histoire de me réveiller dans la bonne humeur ! Le résultat n'était pas à la hauteur de ses espérances, car bien nichée au chaud sous les couvertures et la couette en plumes d'oie de notre lit conjugal, je hurlais de froid et d'exaspération.

Un jour, alors que j'attendais ma première fille, je rinçais un drap lavé à la main (pas de machine non plus) au lavoir qui se trouvait pas très loin de chez nous, j'ai failli tomber dans l'eau et je ne sais pas par quel miracle je m'en suis sortie, gardant l'équilibre ; volonté très forte et certaine de ne pas perdre mon enfant. Il faut dire que j'avais déjà fait une fausse couche avant ma première grossesse et que je ne tenais pas à en faire une deuxième !

En ce temps là, j'écrivais déjà beaucoup. Je faisais de la photographie, j'allais dans un club photo une fois par semaine à Cherbourg une fois par semaine, le soir. Je ne m'ennuyais jamais, entre les enfants, mes passions et mes besoins de sortir afin d'humer la nature. Mon époux n'éprouvait aucune jalousie, n'avait aucune crainte que je rencontre quelqu'un d'autre que lui ; il était extrêmement sûr de sa personne. J'aurais pourtant bien aimé qu'il m'en témoigne un peu de la jalousie ! J'avais de plus en plus l'impression de vivre avec un père, plus qu'avec mon concubin et le papa de mes filles. Il ne s'intéressait pas non plus à mes travaux manuels et artistiques, aucun regard, aucune admiration, aucune félicitation. Et puis ses idées tout à fait contraires avec les miennes sur bien des domaines finissaient par m'offenser, voire me décevoir et ceci d'une façon irrémédiable et profonde.

Au fond, si je n'avais pas eu un instinct maternel profond, je n'aurais plus été que l'ombre de moi-même. Je suffoquais, je m'étiolais, je n'étais qu'une mère et non une femme. Il devait souffrir aussi de nos différences, de mes nombreuses demandes appuyées et de toutes sortes, de mon caractère qui s'affirmait fortement de jours en jours, il ne s'attendait pas à mes rébellions.

Certains pouvaient penser que je ne l'aimais pas assez ; c'est faux, je l'aimais trop, je voulais trop, c'est tout.

Je n'avais qu'entre vingt et vingt quatre ans lorsque je m'aperçus petit à petit que nous n'avions rien en commun, nous n'avions pas les mêmes idées, les mêmes besoins ni la même façon de vivre.

Les traumatismes de ma jeunesse me revenaient en pleine figure, bien souvent. Dans ma tête, je ne me sentais plus capable d'être une femme, d'être aimée, désirée et préservée. On ne m'écoutait toujours pas.

Poussée par cet état négatif, j'ai réalisé des actes que je regrette encore aujourd'hui. À trop me laisser libre et sans amour, il me perdit de la pire des façons : je l'ai trompé, ne pouvant plus résister à des avances plus qu'élogieuses à mon égard.

J'aurais dû le quitter, mais comme toute mère, j'ai voulu préserver mes enfants, leur laisser une vie de famille, entre parenthèses : normale, comme tout le monde quoi. Je vomissais ma tristesse, ma solitude affective et mon amour sur papier, et je m'étourdissais vers d'autres lieux. Ces écrits, il ne les a jamais lus, cela ne l'intéressait pas. Il aurait peut-être fallu qu'il le fasse pour que nous en discutions et que tout rentre dans l'ordre.

Trop tard, j'étais déjà partie loin de lui, il était déjà perdu dans son indifférence…

Je n'ai jamais plus trompé personne, ayant appris à mes dépends que cela n'arrangeait rien. Au contraire, je me sentais sale et mon âme n'était toujours pas en repos.

De lui dire ne lui a pas ravivé le cœur, et je fus surprise par son comportement. Probablement en était-il blessé, mais rien ne se voyait, ni sur son visage, ni sur notre vie de tous les jours. Pas un mot de sa part n'a sauvé notre couple. Comment pouvait-il ne pas réagir, rester calme ?

Cela demeurait un mystère pour moi et je me demandais s'il n'avait pas fait la même chose de son côté ; je ne voyais que cette explication pour accepter mon infidélité armé de son silence et de son indifférence.

À force de chercher l'âme sœur, je crus la trouver auprès d'un homme qui était le père d'un ami d'une de mes filles. Vivant des heures troubles à l'étiage de ma vie, il vint vers moi tel un rapace se jetant sur sa proie longtemps observée, mais avec beaucoup de délicatesse et de patience ; une véritable cour en bonne et dû forme. Cet homme avait onze ans de plus que moi et se disait libre (ce qui était faux). Il me promettait monts et merveilles. J'ai vite cédé à son légendaire charme, charme sulfureux, par dépit, par désespoir ? Dans mon itinérance, je n'avais même pas l'heur de lui plaire prise déjà entre ses griffes. En tous les cas, dès notre première liaison je fus enceinte. Sans attendre, il me prit, crachant son désir comme je crachais alors ma détresse. Il ne s'est pas soucié de savoir si je prenais la pilule ou toute autre forme de contraception ; encore trop tard ! Je subis cette attaque corps à corps comme un viol de plus.

Là, ce n'était plus la même histoire... J'eus bien du mal à avouer à mon mari que l'enfant que j'attendais n'était pas de lui. Chose incroyable, alors que je voulus partir vivre ailleurs avec mes filles, il me dit fermement que je devais rester ici. Pas de colère de sa part, rien ne transparut une fois de plus sur son visage énigmatique et froid. Pourtant je me doutais bien qu'il enrageait intérieurement. Il reconnut ma fille et s'en occupa tel un bon père. Elle fut baptisée, bref, rien de différent par rapport à ses demi-sœurs. Je ne sus pas comment le remercier, j'eus l'impression que plus rien ne le toucherait de ma part. Pourtant je lui fus reconnaissante tout au long de ma vie pour cet acte de bravoure et d'humanité de sa part. Il ne m'a d'ailleurs jamais laissée tomber, fidèle à notre amour passé et au fait que je sois la mère de ses enfants, et il était très noble au fond de lui finalement. De toute façon, il est toujours resté l'ami de mes frères perdus ou non, un membre familial reconnu.

Hélas, à ce moment là, mon cœur était déjà ailleurs et je voulais absolument que ma fille connût son véritable père. Celui-ci devant divorcer, le temps pour moi fut long. Il m'avait menti sur son statut familial lorsque nous nous étions vus la première fois ; première déception !

Je me souviens très bien que, lorsque sa fille et moi nous sommes revenues de la maternité, ce cher dandy est passé la voir avec sa femme qui ne se doutait de rien. Il est arrivé sans complexe en visite de courtoisie, sa pauvre épouse tenant un petit cadeau pour ma fille. Face à mon époux qui devait fulminer et à mes autres filles qui partirent vite jouer avec le fils de ce couple, sentant certainement une lourde tension entre les adultes, le spectacle était le moins que l'on puisse dire : cocasse. Cela me choqua ! Il savait bien pourtant qu'elle était de lui (je n'avais plus de rapports avec mon mari depuis un bon bout de temps), et de toute façon la petite ressemblait comme deux gouttes d'eau à son authentique père. Son couple battait aussi de l'aile et il divorça finalement lorsque notre fille eut cinq ou six mois.

Nous nous rencontrions dans des chambres d'hôtel en attendant de trouver un logement. À chaque fois, je prenais avec moi sa progéniture afin qu'il n'oubliât pas qu'elle existait.

Le chemin fut long, parler à mes deux autres enfants, leur apprendre la situation sans les blesser, autant dire que c'était cause perdue et je le comprenais bien.

Lorsque la petite eut ses six mois, nous avons pu vivre ensemble et les démarches pour la reconnaissance de paternité furent lourdes, chères et longues. Pour ce faire, il fallait avant tout que nous soyons mariés. Nous nous mariâmes donc à Belmont, dans l'Ain, auprès de mes parents et de ma petite seconde fille qui devait déjà souffrir de ce tournant de notre vie.

Je n'ai connu qu'un moment de bonheur avec mon second époux : celle de notre première nuit. Après, ce fut un calvaire. Mes filles étaient malheureuses avec leur beau-père, celui-ci voulant les éduquer à sa façon rigide et n'ayant aucune psychologie de l'enfance. Il ne comprenait pas la difficulté du bouleversement de leur vie. L'aînée me demanda de retourner chez son père. J'étais mortifiée mais déchirée entre le devoir de rester avec celui que j'aimais et de le laisser ainsi vivre avec sa fille qu'il adorait et celui de perdre la garde d'une de mes filles que j'adorais aussi tout en respectant son désir.

Après une discussion très rapide avec mon premier mari, nous décidâmes donc que celle-ci retournerait vivre avec lui. Premier traumatisme, première humiliation.

Notre couple n'était pas du tout ce que j'imaginais être. En fait cet homme voulait à tout prix une fille (il avait déjà deux garçons de deux premiers mariages), mais il ne m'aimait pas vraiment. Son esprit et ses connaissances étaient seulement livresques et non affectives. Seul mon corps ne le laissait pas indifférent et il faut dire qu'il m'a fait connaître, de ce côté là, beaucoup de plaisir, monsieur étant expert en la matière. Quant aux sentiments, il était aussi hermétique que mon premier époux. Là aussi, je n'en dévoilerai pas plus.

Il m'a fait vivre un enfer, ne supportant pas ma deuxième fille, je sentais que j'allais, elle aussi la perdre ! La fidélité ne faisait pas partie de sa façon de vivre. Sadiquement, il me parlait d'une de ses élèves aussi belle qu'un top model (merci pour moi !) et qui était amoureuse de lui. À chaque fois qu'il l'avait en cours, il se faisait tout beau ; ça me rendait folle. Je passe tous les détails de son harcèlement moral sur moi, il faudrait écrire un autre livre pour ce sujet. Encore un qui me jugea jalouse, oui je l'étais une fois de plus et légitimement à nouveau. J'appris ses infidélités plus tard. En peu de temps, je perdis à la fois tout repère, toute personnalité, j'étais devenue réellement l'ombre de moi-même, aliénée par son esprit despotique et malsain.

Professionnellement de ce côté là, il était parfait. Sentimentalement, il était nul. Autrement dit, il avait cultivé une intelligence intellectuelle bien campée, mais souffrait d'un manque absolu d'intelligence émotive : l'intelligence la plus belle dans la vie, celle du cœur ! En dehors de ses responsabilités sociales et professionnelles, j'avais en face de moi un personnage apathique me plongeant dans une humeur abyssale qui ne m'était pas habituelle. Mes supplications de démones ainsi que mes nombreuses démonstrations amoureuses le perturbaient plus que tout.

Ce gouffre qui me happait lentement me fit tant de mal que je n'écrivis pas une ligne en l'espace des trois années vécues auprès de mon second mari. Moi qui tenais un journal et qui le tenais chaque jour depuis mon âge de dix huit ans, là : rien ! Cette période d'ailleurs me laissa des blancs dans la mémoire, et encore aujourd'hui, j'ai du mal à synchroniser les faits.

Je n'étais même plus une bonne mère, affectée par une langueur et un profond dégoût de tout, décrépitude ressemblant comme deux gouttes d'eau à une lente dépression. Mon cerveau ne me servait plus à rien et je m'enfonçais de plus en plus dans une solitude effrayante. Une seule chose me sauvait : le soir, ne trouvant pas le sommeil, le casque sur les oreilles j'écoutais de la musique, ma musique tant aimée, assise par terre et fumant cigarettes sur cigarettes. Je ressemblais à une pauvre enfant idiote, frôlant la folie, l'aliénation !

Tout ce que j'entreprenais, je le faisais telle un automate, ayant subi en quelque sorte un sévère lavage de cerveau. Accompli avec génie et une faculté à être transparent, le laissant innocent aux yeux de nos proches.

Un jour, le seul de ma vie heureusement, je fis une tentative de suicide, voulant tout simplement m'endormir pour l'éternité.

Là encore, il fut odieux, prenant sa fille sous les bras, la menant à la crèche et laissant près de mon corps inanimé ma seconde fille paniquée. Pauvre petite enfant, elle que j'adorais, comment lui en vouloir de m'avoir rejetée bien souvent par la suite ? Elle a dû se sentir exclue de ma vie, sans importance, et n'avait pas l'âge de comprendre mon geste. De cela aussi, je m'en voudrai toute ma vie. Elle devait avoir six ans je crois. Heureusement, celle-ci avait en tête le numéro de téléphone de son père à Sainte-Mère-Église et l'appela au secours. Celui-ci arriva au plus vite, les pompiers suivirent et je fus hospitalisée à l'hôpital maritime de Cherbourg qui n'existe plus aujourd'hui.

Dans ce drame, l'effet le plus ignoble pour moi fut surtout que je perdis la garde de ma seconde fille.

Mais l'instinct de survie et une grande faculté de raisonnement, après coup, m'aidèrent à me remettre sur pieds, à demander le divorce et à reprendre ma dernière fille avec moi. Son père ne put rien y faire car j'aurais eu le droit de l'attaquer pour non assistance à personne en danger. À bien y réfléchir, tout ce gâchis fut encore de ma faute, je n'avais pas su résister à mon esprit romanesque tout en me jetant dans les premiers bras ouverts.

Des mois passèrent, je pris la résolution de déménager et d'aller vivre auprès de mes enfants à Sainte-Mère. Quel bonheur de les voir autant que je le souhaitais ! Mais pour elles, quelle souffrance que tout ce destin gâché ! Moi, je me sentais amputée, inutile et incapable. Elles, elles devaient se sentir abandonnées, mal aimées je pense.

Certaines personnes bien piètres, frôlant la bêtise et la méchanceté à mon goût, leur faisaient entendre que j'étais une mauvaise mère, que je les oubliais afin de vivre ma propre vie. Ce qui était faux et cruel ! Leurs propos sardoniques ont blessé à vie l'image qu'elles ont eue de moi, leur petite maman. Je n'étais alors qu'une enfant perdue, comme elles, démunie, mais je les aimais plus que tout, d'un réel amour maternel et étais persuadée que ce choix était le meilleur pour mes enfants. Pour moi, chercher le bonheur à tout prix me semblait légitime, il fallait absolument que je sois bien dans ma vie, heureuse, épanouie, afin qu'elles le fussent aussi ! Cette course vers le bien-être, cette guerre, je la menais pour elles comme pour moi.

Leur père pleurait devant elles, il les prenait un peu pour ses bonnes, surtout ma fille aînée qui devait servir de mère à sa sœur. Je ne sus rien de tout cela. Il ou elles ne me disaient rien. Je l'appris bien plus tard hélas lorsque nous pûmes dialoguer mes filles et moi. Trop tard !

Je crois encore entendre les pleurs de ma seconde fille, celle-ci me réclamant à corps perdu au plus profond de la nuit ! Lorsque je demandais à leur père de me les rendre il me disait toujours que tout allait bien et que ce serait mauvais pour elles de les changer encore d'école et de lieu. Il me faisait comprendre à sa façon que, vu ma situation, matériellement elles étaient mieux auprès de lui. Et moi, déjà plus qu'humiliée par mon statut social, en effet, je le croyais.

En ce temps là, je travaillais à la Hague pour une entreprise sous traitante et je faisais plus de cent vingt kilomètres par jour avec ma vieille 4L !

De pouvoir voir mes deux filles aînées à volonté me rassurait et me consolait de ce mauvais sort.

Des aventures sans vraiment de conviction, plus ou moins longues, et sans lendemain me laissaient croire que j'étais encore une femme. L'amour pourtant, de ma part, n'était pas au rendez-vous, ou alors, je le refusais de peur de ne pas être à la hauteur et aussi de reprendre une claque dans le cœur.

Je quittais, avec toujours la sensation de retrouver une liberté voluptueuse. Je quittais aussi, parfois, par peur d'être quittée.

À ce jour, je peux dire que cette peur me venait de ma petite enfance. Délaissée par mon père pour d'autres que moi, cet acte, entre autres, m'avait traumatisé, et cette blessure, c'est ainsi, me mortifiera toute ma vie.

Au long de ces grands trajets pour aller à mon travail, je m'arrêtais une fois par semaine pour prendre de l'essence dans une petite station service qui se trouvait sur ma route.

Le patron de cette station n'était pas indifférent à ma venue ; je le sentais bien. Ses questions sur ma vie, ses regards appuyés ne laissaient pas de doute. Au fil du temps, nous conversions de notre passé, de nos enfants respectifs, nous apprîmes donc que nous avions le même âge, qu'il avait deux garçons d'un premier mariage et qu'il vivait seul comme moi depuis peu. Je fus littéralement fascinée par l'expression de son regard profond et doux d'une couleur mordorée, me rappelant un peu ceux de mon frère Philippe.

Mon agréable pompiste m'offrit un matin un bon café chaud, puis, petit à petit, une relation amoureuse s'installa entre nous.

Il était motard et depuis ma plus jeune enfance, je rêvais d'avoir un bolide semblable au sien afin de goûter à l'ivresse de la vitesse ; j'adorais cela !

Il venait me voir à Sainte-Mère de plus en plus souvent et repartait le matin sur sa fusée, le transportant trop loin de moi. Nous ne pouvions plus nous passer l'un de l'autre. J'éprouvais un amour profond comme jamais je l'avais ressenti car cet homme-là je l'avais choisi autant que lui ; fait inhabituel.

Un jour, je l'ai présenté à mes filles. Elles avaient l'air de l'apprécier mieux que le père de ma troisième fille. Ses deux garçons avaient à peu près l'âge de mes enfants.

Très vite, nous décidâmes de vivre ensemble dans la petite maison près de sa station. Il était un homme parfait pour moi : doux, prévenant, me laissant des mots d'amour tous les matins près de mon bol avant d'aller ouvrir la station. Tout se passait comme dans un conte de fée, un rêve de jeune fille, et je souhaitais ne jamais me réveiller. Je retrouvais mes espoirs de fusion, hélas de perfection aussi ! Il me confectionnait pendant ses temps libres de beaux objets en bois ; j'adorais cela. Ils étaient des petits cadeaux qui me tenaient à cœur, je les ai tous gardés.

Afin de l'aider à tenir la station, j'ai quitté mon travail ; terrible erreur de ma part. Le week-end, une fois sur deux, nous avions nos enfants (cinq !). Travaillant tous les deux, même le dimanche matin, les pauvres minots restaient seuls à la maison et ne s'entendaient pas forcément. Les grands se couchaient à pas d'heure, scotchés devant des jeux vidéo. Quant aux plus petits, ils se relevaient en cachette afin de s'amuser ou de regarder leurs aînés jouer. Nous, épuisés, dormant à l'étage nous n'en savions rien et ne l'apprîmes que plus tard.

Je faisais la navette entre la maison et la station et me sentais de plus en plus frustrée par mon absence de responsabilité de mère, moi qui les aimais tant ! L'image de ma mère me revenait souvent. Je ne voulais pas reproduire la même éducation que celle qu'elle nous avait offerte, la pauvre, comme elle avait pu : sans défense et sans choix, sans réelle démonstration affective, ayant sur le dos le poids de ses charges diverses et ne pouvant plus faire face à ses obligations maternelles.

Notre couple si idyllique commençait à se détériorer, mon compagnon ne voulant pas voir les choses en face, et étant plus attaché à son travail qu'à la vie familiale. Les seuls moments où nous nous retrouvions vraiment étaient ceux passés sur sa moto, les week-ends où nous n'avions pas les enfants. Il m'apprenait à piloter, m'acheta un magnifique bolide et j'ai commencé à prendre des leçons de conduite.

Nous en avons fait des kilomètres sur sa grosse moto de marque italienne ainsi que beaucoup de rassemblements avec ses amis motards, nous faisant découvrir la France. Période à laquelle malheureusement, je m'aperçus qu'il avait un goût prononcé pour les fêtes quelque peu arrosées. Je finis par m'ennuyer lors de ces sorties, émaillées de propos grossiers et malsains, de conversations stériles, sans aménités et de beuveries finales à chaque étape, le soir. Nous avons eu quelques frayeurs faites de chutes redressées *in extrémis* ; la confiance en mon pilote (j'étais encore passagère) en prit une sérieuse claque.

En mai mille neuf cent quatre vingt dix, nous avons fait partie de la sécurité du tour cycliste de la Manche ; c'est mon compagnon qui nous avait inscrit d'office.

Cette épreuve durait trois jours et nous étions équipés de sifflets, de brassards ainsi que de drapeaux afin que les véhicules étrangers à cette course ralentissent et laissent passer les cyclistes. Nous devions aussi surveiller les carrefours et empêcher toute entrave au passage des vélos. Rien de bien grisant à mon avis.

La veille, tout en comprenant que pour lui c'était un rite annuel, je n'étais pas chaude pour l'accompagner car je le sentais mal.

Le premier matin, ma belle-mère était venue avec sa fille pour tenir la station. Lors du petit déjeuner, un oiseau est venu s'écraser contre la fenêtre de la cuisine. Ma belle-mère me dit : « c'est mauvais signe, vous ne devriez pas prendre la route ! ». Je n'ai pas voulu l'écouter et j'ai chevauché le bolide malgré tout, bien serrée contre mon homme. Depuis ce matin-là, au fond de moi je me suis juré de toujours m'écouter et d'accepter les dires irrationnels de certains.

Le premier jour s'est déroulé avec quelques embûches me donnant des frissons dans le dos et me refroidissant encore plus.

Vint la dernière étape de la course, le douze mai exactement. Les cyclistes passaient à Carentan et là, ma vie habituelle faite de sport (tennis, marche, natation etc.), s'arrêta net. Pour des raisons que je tairai afin de ne pas faire d'ennui à cet homme, aveuglé par l'admiration générale qu'il entretenait avec délectation chez ses clients, il perdit complètement le sens de la sécurité car ils étaient tous présents pour voir leur dieu. Il se mit à siffler violemment car nous avions perdu de vue la course de peu puisqu'elle venait juste de quitter cette ville. Moi je ne paniquais pas car nous n'étions pas indispensables étant plusieurs à faire la sécurité en bénévolat. Voyant pourtant la scène tourner au cauchemar, je perdis mon calme. Je m'entends encore lui hurler qu'il y avait une voiture au loin qui tentait de traverser la route et que c'était pour cette raison qu'il y avait une file de voitures à l'arrêt.

Nous avons bien évidemment percuté cette voiture à grande vitesse et je fus écrasée entre la moto et le pare choc de ce véhicule. Je fis ensuite une chute m'entraînant sur plusieurs mètres. J'entends encore le bruit du casque contre le bitume et ressens encore ma frayeur sous cet engin de mort de plus de huit cent kilos sur ma jambe. Je finis ma course contre un poteau, et sentant les boulons de la machine brûlant ma chair, j'ai arraché sans réfléchir le membre déjà meurtri puis sentis enfin l'atroce douleur de ce carnage. Mon compagnon s'en tira avec quelques égratignures.

Je me souviens encore de la peur qu'une voiture arrête ma folle glissade et m'écrase ainsi que cette douleur inhumaine me faisant haleter, tel un chien en attendant qu'on me soulageât. Je ne sentais plus que ma cuisse gauche et j'étais persuadée que le reste était resté sur la route. Les secours arrivèrent rapidement, tout d'abord un médecin qui, erreur inacceptable, essaya de retirer une de mes bottes, puis les pompiers plus compétents qui me transportèrent avec délicatesse et gentillesse dans leur ambulance jusqu'à l'hôpital de Carentan.

Là, le médecin urgentiste qui s'occupa de moi dit tranquillement : « il faut amputer ! ». N'ayant pas perdu connaissance, (j'avais le cœur solide), j'ai supplié de n'en rien faire ainsi que mon compagnon, et il nous écouta, heureusement. Sinon, à ce jour je serais unijambiste ! Suppliant les infirmières de me soulager de mes douleurs horribles, elles m'injectèrent (en cachette) un peu de morphine afin de supporter le voyage jusqu'à Caen. Merci à elles ! Les pompiers m'amenèrent au C.H.U. J'entends encore les sirènes de leur ambulance qui me faisaient paniquer malgré mon demi-sommeil, il faut dire qu'ils ne me laissaient pas m'endormir et n'arrêtaient pas de me parler dès que je fermais les yeux pour éviter que je ne tombe pas dans le coma.

Une opération de dix heures sauva ma jambe et les jours suivants se passèrent pour moi dans un demi-coma. Je ne me remémore toujours pas les visites que j'ai eues pendant les premiers jours, seul me revient l'image du visage de ma sœur à la sortie de l'opération, celle-ci grimaçant et criant : « quelle horreur ! » tout en regardant ma jambe. Ensuite, droguée par la morphine, je plongeai dans un profond sommeil. Les jours qui suivirent furent des moments de douleur, de moral à zéro, d'examens pénibles ainsi que les soins (j'avais une escarre sous plâtre au talon). Mes enfants et leur papa ainsi que ma dernière fille venaient me voir souvent, seule consolation pour moi car mon compagnon était d'une jalousie pénible, maladive et non appropriée à la situation. Il ne supportait pas que les aides soignants ainsi que le radiologue soient gentils avec moi. Son comportement rendait folle ma voisine, chère dame d'un certain âge qui a été une aubaine pour moi tant elle était adorable et joyeuse.

Qu'est-ce qu'on a pu rigoler ensemble ! Les infirmières ou infirmiers aimaient venir dans notre chambre, cela les changeait des malades patibulaires. Pourtant, la pauvre, elle n'était pas gâtée non plus. Elle était tombée dans sa baignoire et s'était déplacé une vertèbre cervicale. Si elle bougeait la tête d'un pouce, elle pouvait devenir paralysée à vie. Si bien qu'elle portait un corset complet, avec attaché dessus des tiges d'acier maintenant un cerclage que les chirurgiens lui avaient vissé tout autour du crâne. Souvent, un homme en blanc venait lui resserrer les vis de ce cerclage, sans anesthésie, et elle subissait cela tel un supplice. Je le revois arriver avec sa caisse à outils ; quelle horreur ! Moi, apeurée par ses plaintes de douleur je me faisais transporter ailleurs le temps que… Pour cela, on m'avait confectionné une planche amarrée à mon fauteuil roulant afin que ma jambe ne bouge pas non plus car j'avais une tige en inox dans le tibia ainsi qu'une autre qui devait absolument rester fixe à travers mon genou afin de le reconstituer.

Tout cela est bien compliqué, ce n'est pas grave si vous ne suivez pas. En gros, j'ai eu une fracture ouverte du tibia et du péroné à ma jambe droite ainsi qu' une « pentade » de la jambe ; terme médical. En bref, le genou a été broyé et tous les ligaments arrachés. Une fracture du radius ou du cubitus, je ne m'en souviens plus, a été décelée plus tard car je n'arrivais pas à me redresser avec le perroquet sans pousser des hurlements.

Auprès de ma gentille et courageuse voisine, je me sentais encore bien avantagée et j'en oubliais mes propres difficultés !

Revenue enfin chez nous, douloureuse mais heureuse d'être vivante, rescapée après plusieurs mois d'hospitalisation et de rééducation à Siouville Hague, de me voir debout même avec des béquilles, je pensais que les soucis étaient loin derrière moi. L'atmosphère changea pourtant du tout au tout. Mon ami me traita d'une façon inhumaine ; s'en voulait-il ? Rejetait-il inconsciemment ce malheur sur moi pour se préserver et ne pas se sentir responsable ? Certainement car pour lui, verbalement et dans sa tête sûrement, si nous ne nous étions pas arrêtés à Ste-Mère pour voir mes enfants cela ne serait jamais arrivé ! Ce qu'il oubliait de se dire, c'est qu'il avait bu (encore) une bière là-bas, qu'il faisait très chaud et que c'était lui qui m'avait proposé de faire un petit détour histoire de se désaltérer.

L'image de mes filles me faisant un large au-revoir lorsque nous sommes repartis me reste aussi. J'imagine le choc qu'elles ont dû avoir, elles et leur père lorsque les gendarmes leur ont téléphoné. Ils sont venus me voir à l'hôpital de Carentan et ont vite compris que je n'en sortirai pas indemne. Mes pauvres chéries, quelle mère vous aviez là ?

Mon bel amant buvait de plus en plus, et cela le rendait odieux envers moi. Il me cachait mes calmants, me demandait de servir à la station alors que je ne le pouvais pas, me laissait seule des heures entières, si longues, dans cette maison déserte. Heureusement, j'avais avec moi mon chat « Pilou », fidèle et aimant ainsi que le soutien de ma famille et d'une cliente de la station ; adorable et peu dupe du comportement de mon compagnon ! Lorsque les infirmiers venaient me faire mes piqûres, me nettoyer mes plaies ou récurer mes profondes brûlures du mollet, mon chat se mettait toujours entre eux et moi, voyant que je souffrais le martyre ; nous étions obligés de l'enfermer afin de pouvoir me soigner.

Me reviennent les terribles angoisses lorsque je savais que l'heure approchait avant la venue de mes pauvres tortionnaires. J'ai même dû, terrible humiliation, demander au cabinet des infirmiers que ce ne soient que des femmes qui passent, « monsieur » ne supportant pas du tout que les infirmiers viennent me piquer au lit le matin. Comme si j'avais la tête à batifoler !

Mes parents étaient arrivés de l'Ain à ma rescousse, me trouvant en pleur à chaque coup de téléphone et mon compagnon fut infect avec eux aussi. Je fis une grave dépression et le docteur averti par mes parents, essaya de raisonner mon ami qui ne voulut rien entendre. Mon frère Bruno, souhaita lui aussi venir auprès de moi, mais dans sa hargne notre logis lui fut refusé par mon époux, si bien qu'il coucha chez mon ex-mari à Ste-Mère. Je le vis donc très peu.

L'amour que je portais alors à mon compagnon s'étiola petit à petit ; encore un échec de plus.

Nous dûmes nous marier afin que je puisse avoir un statut social : mon futur époux ne m'ayant pas déclarée lorsque je travaillais avec lui. Mariage obligé, une fois de plus, toujours à la mairie et en prime : mes béquilles derrière le dos pour les photos.

Je passe volontairement les détails des jours qui suivirent, une fois encore afin de préserver mon troisième mari qui, d'ailleurs ne s'occupe pas depuis un bon moment de mon état de santé ni de mon moral.

Tout ce que je peux dire, c'est que ce fut une atrocité, une descente aux enfers.

Mon frère Bruno ayant attrapé le sida et voyant son état physique se détériorer, se suicida sept mois après mon accident, je partis seule à Brest pour ses obsèques, mon cher et tendre ne voulant pas fermer son commerce.

De toute façon, enfermée dans ma haine, ma rage et ma douleur, chagrine comme cet hiver morbide, je n'aurais pas souhaité subir sa compagnie. Il neigeait, verglaçait et j'avais la jambe dans une botte de plâtre. Je crus mourir deux fois, dérapant sur la route transformée en patinoire. Il n'y avait pas que la voiture qui glissait, toutes les larmes de mon corps pour mon frère coulaient aussi sur mon visage. C'était un véritable cauchemar.

Lorsque je suis revenue tant bien que mal à la station, après des obsèques pénibles, je fis entendre à mon mari que je voulais divorcer. Cela se fit peu de temps après, je pris mes cliques et mes claques et partis chez une amie qui habitait vers la Hague. Elle eut la gentillesse de nous recevoir chez elle ma dernière fille et moi ; elle se nomme Corinne et se reconnaîtra. Si elle savait le bien qu'elle nous a fait !

Auprès d'elle, j'ai repris du poil de la bête et à force de chercher, j'ai trouvé un stage de réinsertion qui me fit revenir dans la vie active malgré mes nombreuses opérations (sept en tout jusqu'à ce jour).

Mon premier mari me garda un moment chez lui, j'étais bien, je retrouvais mes enfants ; je ne le remercierai jamais assez pour ce qu'il a toujours fait pour moi et pour sa fille illégitime.

J'ai passé beaucoup de détails à propos de cette période encore, sciemment car il me faudrait écrire un livre de mille pages pour vous raconter en détail toute ma vie.

À force de pugnacité, j'ai trouvé un logement à « La Tarentaise » dans la vallée de Qinquanpoix à Cherbourg et mes filles revinrent à moi petit à petit, ce qui me combla d'une façon que vous ne pouvez pas imaginer ! Nous avons passé des moments merveilleux, parfois durs en ce lieu, mais nous en gardons globalement de bons souvenirs. La vie était bien revenue, avec ses rires et ses pleures ainsi que notre liberté retrouvée. Un ami venait souvent nous rendre visite et partageait sa solitude avec notre folie intense, chansons entonnées avec force et rigolades, repas joyeux etc. Ce que je ne savais pas, c'est qu'il était amoureux de moi. Bien loin pour moi d'imaginer cela car il était beaucoup plus jeune que moi et avait de temps en temps une copine. Mais la vie est ainsi faite, des gens que vous croyez connaître en tant qu'amis vous surprennent quelque fois.

Mes filles aînées ont connu leurs premiers grands amours et aussi leurs premières déceptions. Ma seconde fille fit une tentative de suicide pour un marin qui n'en valait vraiment pas la peine. Quand nous aimons, quelque soit l'âge, nous sommes aveugles !

Le paysage était magnifique, de l'autre côté du petit ruisseau qui serpentait dans la vallée. Il y avait un champ face à nos fenêtres toujours habité par quelques ânes et moutons. Nous avions l'impression d'être à la montagne avec, tout près la mer, c'était le paradis tout simplement.

Au marché d'Octeville, j'avais acheté un petit caniche couleur champagne, une petite boule de poils adorable. Nous l'avions appelée Ilorie en hommage à une héroïne qui avait un rôle superbe dans le film « Au fil de la vie ».

Comme le « vallon sauvage », lieu de promenade idyllique était à deux pas de chez nous, nous promenions chien et chat en ce lieu chaque jour. Pilou nous suivait sans laisse, miaulant de temps en temps si nous allions trop vite ; cela faisait rire les gens de voir cette petite troupe atypique.

Ilorie nous offrit quatre chiots, nous en vendîmes deux. Un mourut dés sa naissance et nous en gardâmes un autre, marron celui-là, que nous avions appelé Jumbo. Sacrée famille à promener ! Une bienfaitrice liberté nous était offerte. Je crois que ce furent nos plus beaux moments pour mes filles et moi, outre les soucis divers nous touchant, particulièrement financiers dus à mes opérations diverses pour ma jambe ainsi que les longues rééducations qui suivirent car je devais avancer l'argent au niveau des frais d'hébergement.

Quelques aventures futiles et discrètes me permirent une fois de plus de rester femme.

Un jour, j'ai retrouvé sur le chantier où je travaillais afin de subvenir à nos besoins, j'étais dessinatrice en électricité, un homme qui venait souvent nous rendre visite mes collègues et moi dans notre bungalow, quelques années avant mon accident. Il était plus haut placé que nous dans la hiérarchie de ce lieu : lui étant inspecteur qualité et nous de simples dessinateurs. Je ne me doutais pas alors qu'il passait pour moi puisqu'il venait discuter avec notre chef qu'il aimait bien, ou faire des photocopies.

Plus tard, il me confia qu'il franchissait le seuil de notre petit réduit rien que pour me voir. Il était tellement timide, ne laissant rien transparaître qu'il n'avait jamais osé m'adresser la parole. Me croyant très jeune et déjà mariée (j'avais alors plus de trente ans, portant une alliance pour avoir la paix et lui onze années de plus que moi, je crois), il ne pensait pas avoir une seule chance que je m'intéressasse à lui !

Nous nous sommes donc retrouvés un matin longtemps après cette période, à un arrêt de la navette qui nous emmenait à nos postes. J'avais eu mon accident depuis. Une amitié profonde s'installa entre nous, il m'écoutait beaucoup, se demandant comment j'avais pu supporter toutes mes épreuves. Il se trouvait subitement projeté dans un autre monde. En effet, il avait une vie bien calme, divorcé depuis peu et voyant sa fille de temps en temps, il vivait une vie tranquille de vieux garçon.

Je m'étais attachée à lui, quelqu'un qui m'écoutait enfin et me faisait le plus grand bien, et ceci sans me réclamer autre chose, ce qui était rare. Avec cet homme j'ai connu un amour profond. Pourtant, je n'ai jamais souhaité vivre avec lui et mes enfants, trop échaudée par mes anciens mariages ou blessée par mes anciennes aventures n'auraient pas vécu cette intrusion dans notre clan d'un bon œil. Je savais pertinemment ce que je pouvais lui faire subir, et pour rien au monde je n'aurais voulu abîmer cet être si bon.

Je pense que c'est la personne qui m'a le mieux aimée, comprise et connue, qui m'a aussi le plus respectée. Malheureusement, les douloureuses blessures de la vie me neutralisaient, et la peur faisait des ravages dans mon comportement. Il n'a jamais voulu entendre cette version. Pour lui, c'était un manque de confiance et d'amour. Nous avons passé des années à nous perdre, à nous retrouver, mais toujours en décalage.

Lorsqu'un jour, les enfants ayant grandi, ne l'ayant jamais oublié et éprouvant toujours de l'amour pour lui, je lui ai proposé que nous vivions ensemble. J'étais prête à aller vivre à Paris la semaine chez lui, le temps de ses voyages professionnels, et nous passerions le week-end chez moi. Mais il était trop tard, nous avions notre vie, il vivait depuis trop longtemps seul et partait sans cesse en voyage d'affaires ; chose que j'aurais eu du mal finalement à supporter, il le savait bien. Mon cher amant, (très bon amant), était avant tout un pigeon voyageur. Moi, j'étais encore bien trop bouillonnante pour cette âme constante. Et puis ce rêve apporté sur un plateau ne lui convenait peut-être pas, finalement trop facile comme situation, il préférait probablement me voir une fois tous les trois mois !

Aujourd'hui, je trouve cette histoire bête à pleurer, nous aurions fait, je pense, un beau couple tous les deux. Il avait son caractère : très susceptible et quelque peu vieille France, voire soupe au lait. J'avais aussi le mien : assez dur à gérer, clamant avec force expansion folâtre de sentiments, demande intense de présence physique et qu'elle soit de qualité, quelques folies changeant le quotidien, de la tendresse en long et en large, etc. Dur à supporter pour une personne complètement introvertie, je l'avoue.

Je pense à lui bien souvent tout en sachant que notre cause est perdue.

J'ai eu d'autres aventures par la suite, mais je ne crois pas avoir aimé quelqu'un à ce point. Il avait presque tout ce dont je rêvais.

La vie passa, chargée de nombreuses difficultés, des déménagements répétés à cause des loyers trop chers. Jamais plus je n'ai pensé à me remarier, à part peut-être lors de ma toute dernière liaison passionnée, tristement et rapidement achevée. J'avais toujours placés sur le hunier de mon embarcation, le droit à l'amour, le droit au respect, le droit à la pureté, bref le droit au paradis sur cette terre.

L'an 2000 arriva, m'offrant le plus beau cadeau que puisse rêver une mère : un petit-fils ! C'est ma seconde fille qui devint maman et je serais incapable de mettre des mots sur ce que je ressentis lorsque ce petit garçon arriva parmi nous. Je peux dire toutefois que je crus reconnaître cet enfant comme on reconnaît une personne déjà vue dans le passé. Il était magnifique, de mon sang ; cela, je l'ai vraiment ressenti. Une immense confiance et une infinie tendresse s'instaurèrent entre nous. Merci à ma fille pour ce si bel événement ! Être grand-mère pour moi me ravissait malgré les charmantes réflexions moqueuses de mes collègues ; peu m'importait de vieillir. Lorsqu'il fut plus grand, je lui faisais le rire du clown, (impossible de vous décrire cela !), et il adorait, revendiquait avec force ma façon de l'exécuter, ceci le mettant quasiment en transe. « Encore, encore Mamée (c'est ainsi qu'il me nommait), allez ! » me disait il sans cesse, mais il fallait beaucoup de souffle et de voix pour le faire. Nous nous sommes tous bien amusés grâce à ce rire ; c'était la belle époque !

Je vivais aux « Herches » à Equeurdreville en ce temps là, et je me sentais fatiguée, pas vraiment en forme physiquement depuis bien longtemps, quelque chose me rongeait, m'anémiait. Depuis mon vaccin contre l'hépatite B, des douleurs m'assaillaient sans cesse, jour et nuit. Mon médecin traitant s'interrogeait, me faisait subir un tas d'examens pensant peut-être que j'avais une sclérose en plaques. Il pataugeait complètement pour trouver le bon remède à ces douleurs.

La route pour aller à la Hague m'était de plus en plus pénible et je m'endormais souvent pendant mon travail. J'en ris aujourd'hui car je me suis endormie un jour devant mon chef, mais ce n'était pas vraiment drôle. Nos postes changeaient perpétuellement, et je finis par faire de la méthodologie pour Cogéma (nom de l'époque donné à la compagnie qui gérait cette usine de retraitement de déchets nucléaires). Que d'efforts afin de donner à la perfection ce que l'on attendait de moi. Je ne travaillais qu'avec des hommes et au fil du temps, ils faisaient partie de ma famille, je devenais un peu leur mascotte. Je les aimais bien, ainsi que mon travail.

J'ai eu une chef d'équipe, une femme ferme mais adorable ; comme quoi, des personnes de sexe féminin peuvent bien travailler ensemble sans pour cela devenir des harpies ! Elle se nommait Bernadette et je la revois de temps en temps, je pense qu'elle se reconnaîtra elle aussi.

Ma troisième fille vivait encore avec moi, mes autres enfants ayant pris leur envol. Nous nous entendions bien toutes les deux et je devais souvent intervenir entre elle et son père, car leur entente était catastrophique. Mais cela est son histoire, là encore et je ne raconterai rien à ce propos. Tout ce que je peux dire c'est qu'elle a loupé sa scolarité à cause de cette incompréhension paternelle et qu'elle a frôlé le suicide plus d'une fois. Moi, je ramassais les morceaux. Elle connut un copain et changea du tout au tout. Je n'appréciais pas trop cet individu qui la menait par le bout du nez et n'avait aucun respect pour notre vie. Il vivait souvent chez nous et se conduisait comme un pacha. Ma fille était hélas extrêmement influençable et lui trouvait toutes les qualités.

Nos rapports entre elle et moi restaient encore fusionnels heureusement. Elle a dormi auprès de moi jusqu'à ses dix sept ans, c'est pour dire ! Ceci, à chaque fois que son cœur chavirait et cet état arrivait souvent

.

Au travail, des rumeurs nous arrivaient aux oreilles : des licenciements allaient être mis en place au niveau du personnel bureautique. En 2003, je fus donc licenciée économique et ma dégringolade sociale commença à ce moment là. J'avais anticipé mon départ, merci pour l'attente ! Certains de mes amis et collègues, résistants, furent licenciés plus tard.

Ma dernière fille vivant dans mon foyer partit se mettre en couple avec un nouveau copain, gentil celui-là, chaleureux et respectueux. Heureusement elle avait réussi à se dégager des pattes de l'ignoble individu ! Ils eurent une magnifique petite fille qui combla aussi mon cœur de grand-mère. Superbe enfant aux boucles blondes que je surnommais « ma petite bijou » et qui me ressemblait comme deux gouttes d'eau lorsque j'avais son âge. Son papa était et est toujours une bénédiction pour ma fille, ma petite-fille et moi.

Seule dans ce grand appartement, trop cher pour mes revenus devenus plus minces, et ayant de plus en plus de difficultés à faire le ménage et à monter les escaliers, j'ai dû trouver un logement de plain pied et plus petit, donc moins coûteux. J'avais vendu ma voiture à ma seconde fille et devais loger plus près du centre ville, étant donné mon état de santé et l'accessibilité aux commerces. Entre temps j'avais changé de médecin traitant et celui-ci trouva ma maladie : la fibromyalgie. Maladie encore bien mal connue et qui se traduit par des douleurs perpétuelles et diffuses dans tout le corps. Cette explication est brève car je ne veux pas m'apitoyer sur mon sort. Toujours est-il qu'à ce jour, les traitements anti douleurs augmentent et ne me soulagent plus guère.

Le verdict tomba comme un boulet de canon ; alors, il ne suffisait pas de cet accident, il fallait m'en rajouter une dose ! Je pensais avoir une sclérose en plaques, mais allez savoir ce qui est le mieux ? Souffrir est souffrir, peut importe le nom de la maladie. Le centre antidouleur de l'hôpital Pasteur de Cherbourg réussi à mettre en place un premier traitement afin de soulager le plus vite possible mes souffrances physiques et mon moral, car oui, souffrir sans arrêt vous épuise moralement. Mon handicap a été reconnu et je touche dans les six cent cinquante euros et des poussières par mois. Somme encore plus faible que celle de mes allocations de chômage.

Mon entourage familial ainsi que certaines personnes ont eu, et ont toujours du mal à comprendre mon état ; cette maladie ne se voyant pas ! Pourtant, la nuit particulièrement, lorsque je suis couchée, j'ai l'impression qu'on me tire sur tous les nerfs de mon corps et c'est insupportable. D'autres signes handicapants se sont ajoutés à cette maladie. L'alliance entre les symptômes de mon handicap dû à mon accident et ceux éprouvés par la fibromyalgie, il est vrai, offrait une difficulté angoissante afin de me soigner correctement pour le corps médical.

Ayant trouvé un studio à Equeurdreville, peu onéreux et de plain pied avec vingt mètres carrés de terrasse pour mon petit chien de l'époque, grâce à l'argent qu'il me restait de mon licenciement ainsi qu'à l'aide physique de mes amis, j'ai déménagé laissant tous mes meubles encombrants à mes enfants.

Ce déménagement fait en une journée, fut extrêmement dur sur le plan sentimental et physique pour moi. J'en perdis connaissance le soir même ! C'est vraiment à ce moment là, confinée dans le sous sol de cet immeuble, que j'ai réalisé avoir soudainement descendu la grande échelle sociale si importante à notre époque.

2003 fut l'année aussi où j'ai perdu mon père. C'est à ce moment précis que j'ai retrouvé ma mère.

Mais ces retrouvailles ne furent pas aisées. Je suis restée un mois auprès d'elle afin de la soutenir et ce fut un mois de confrontation entre nous deux.

Maman, certainement pour ses raisons, était devenue tyrannique. Elle s'en prenait à moi, délestée de son fardeau d'époux et la haine dans le ventre à cause de ses années perdues. J'ai essayé de la remettre sur un chemin plus clément mais cela fut pire. Elle en voulait à la terre entière. Les paroles blessantes déferlaient de sa bouche ; du style : « de toute façon, tous les Rinaldo sont des tarés ! » et autres blasphèmes. Merci maman, je suis une Rinaldo, ton fils préféré ainsi que ma sœur aussi et je ne me sens pas tarée.

Nous avons un jour abordé le problème de ce que mon père nous avait fait subir à tous. Là, je me suis pour la première fois de ma vie, exprimée sans peur, avec hargne et une souffrance extrême. J'ai bravé, affronté et défié ma mère, je lui ai résisté !

Au fil du temps, nous nous sommes radoucies et je pris conscience que je n'avais pas à la juger, ni elle d'ailleurs. Je me mis à la voir comme un être humain qui a loupé sa vie, a souffert et avait à ce moment précis, éprouvé un grand besoin d'expulser ses rancœurs. Elle avait sur ses épaules quatre vingt années de silence sulfureux et j'ai estimé qu'il était temps qu'elle trouve le repos.

Soudainement, une complicité s'est instaurée entre nous. Les années qui suivirent furent des années d'amour tout simplement, malgré nos caractères bien différents.

Mon frère s'est rapproché de moi aussi, j'ai réussi à mieux le cerner, à ne pas le voir comme un ennemi mais comme un frère que l'on m'a caché longtemps. J'apprends à l'approcher, nous nous apprivoisons ! Je suis certaine à ce jour de son attachement envers moi, il me le prouve à sa façon et cela me fait le plus grand bien.

J'ai toujours eu du mal à exprimer mes sentiments blessés, surtout à quelques autorités, quelles qu'elles furent. Mon père, j'aurais dû l'envoyer paître il y a bien longtemps, quant à ma mère, encore aujourd'hui je ne parviens pas à lui dire mon mécontentement lorsqu'elle est désagréable. Cela lui arrive souvent.

Étant née dans une famille bourgeoise et ayant eu serviteurs et soubrettes, certains réflexes lui reviennent. Elle qui nous a si bien élevés, a la sale manie de donner des ordres sans dire « s'il te plait » ni « merci » lorsque l'acte souhaité est accompli. Cela me met intérieurement dans un état d'esclavagisme que je supporte mal. Un jour, je lui ai dit calmement : « comment on dit ? » avant d'exécuter son ordre et elle m'a envoyé valdinguer. J'ai peur de la blesser et pourtant il faudra bien que de ce côté là aussi je lui fasse comprendre que je ne suis pas sa bonne.

Pourquoi est-ce que je manque tant de courage ? Probablement parce qu'elle a toujours vu en moi l'enfant idéalement sage, et que de ce fait la décevoir en lui montrant son despotisme serait pour moi et pour elle une épreuve terrible. Je sais qu'un jour j'y arriverai ; pas trop tard je l'espère, car mes visites sont parfois gâchées par son attitude.

Ma sœur qui habite à vingt kilomètres de chez elle et qui vient lui faire ses courses une fois par semaine ne supporte plus cela non plus. Elle me l'a dit. Notre mère, lorsqu'elle est de mauvaise humeur s'en prend à nous, ses filles, et du coup, ma sœur vexée ne vient plus aussi régulièrement voir maman. Au fond, elle est comme moi ; elle a peur de l'autorité parentale. C'est complètement puéril, je le sais, il vaudrait mieux lui expliquer car elle ne comprend pas son absence soudaine.

Encore un travail psychologique pour ma sœur et moi.

Je reviens au présent.

Je suis en ce moment, et ceci pour une semaine auprès de ma mère. Au café habituel de dix heures, j'ai eu le courage de lui parler calmement des raisons du retranchement de ma sœur envers elle et des blessures que, parfois, elle nous fait subir par son caractère quelque peu directif. Ma pauvre mère sembla tomber de haut, comme quoi elle ne s'en rend même pas compte ! Pourtant cette conversation quelque peu délicate la fera peut-être réfléchir ? En tous les cas, je vois combien l'écriture peut aider à retrouver des forces dont on se croit, à tort : démunis ! Ce qui est dommage, c'est que ma sœur ne s'explique pas auprès d'elle et risque de laisser maman dans le doute et la tristesse. Ce qui est encore plus décevant, c'est que maman continue à avoir son comportement directif et ne prend aucune leçon de mon message, il est trop tard je pense.

Ma sœur, en fin de compte, a peut-être raison. C'est certainement de l'énergie de perdue que de se confronter à elle. Seul mon frère pourrait se faire entendre mais, devant son docteur de fils, je ne suis pas certaine qu'elle se comporterait ainsi avec lui. De toute façon, il passe un jour de temps en temps auprès d'elle et nous sommes souvent avec lui dans ce cas là. Elle ne fera jamais subir son mauvais caractère à son chouchou de fils.

Bien, après cet intermède indispensable, revenons à nos moutons !

Les années ont filé, et ayant toujours eu le goût de l'écriture, je me suis dit : « pourquoi ne pas le faire réellement ; c'est à dire écrire des livres afin que mes enfants aient au moins cela en héritage, qu'ils puissent comprendre mieux mes réactions et ma vie ». Peut-être, pourquoi pas, gagner un peu d'argent en plus car les finances sont faibles et j'en ai assez d'être une charge pour la société ! Je me suis exécutée aussitôt avec un immense plaisir, et j'ai créé mon premier ouvrage où j'ai conjugué poésies et photos.

Grâce à un ami qui m'a prêté la somme pour l'impression des livres, j'ai réalisé trois recueils assez intimistes, me donnant beaucoup de travail et d'occupation mais qui m'ont aussi procuré pas mal de découvertes sur ce métier. Les deux premiers furent exutoires. La poésie est pour moi la meilleure façon de m'exprimer, c'est pourquoi ce livre, différent dans la forme, m'est extrêmement difficile à écrire.

Je remboursais mon mécène à chaque vente d'un livre. En fait, je gagnais peu, et c'est plus fort que moi, j'ai offert beaucoup d'ouvrages à mes amis et à ma famille. Mais quelle joie de créer, de donner, donc d'exister !

Ma dernière liaison amoureuse a été un véritable fiasco et m'a refroidi pour longtemps ! Avec cet homme, j'aurais été capable de partager, dernier effort de ma part. Heureusement, je savais intérieurement qu'il n'était pas sérieux, mais il m'a quittée d'une façon lâche et humiliante. Jamais je n'aurais fait cela à un être soit disant aimé ! Il profita que je sois à l'hôpital afin de subir, par perfusion, pendant cinq jours mon traitement antidouleur habituel, pour me quitter sans un mot, sans raisons exprimées et depuis, plus de nouvelles. Heureusement d'ailleurs, car cet être pour moi, fait partie de la pire espèce : celle des lâches. Il était diacre, marié et voulait soi-disant quitter tout pour moi. Je doutais bien de ses promesses et j'avais raison.

Depuis, moi qui prenais plaisir à retourner à la messe dans la petite église d'Equeurdreville, j'en suis incapable désormais. Je garde ma foi mais je ne crois plus en l'église des hommes ; il m'a renvoyé à mes doutes venant de mon enfance envers les représentants douteux de Dieu. Son Église est souvent bien mal représentée hélas !

Voilà plusieurs années que je vis seule avec chien ou chat, et je ne crois plus en l'amour éternel. Terminée la recherche douloureuse et fatigante, d'un être qui n'existe que dans mes rêves, les anges ne sont pas de ce monde ! Parfois, j'ai envie de mettre une annonce du genre : « cherche homme impuissant, asexué ou homosexuel pour relations amicales et moments partagés en toute complicité et sérénité ». Mais, je me ferais moquer de moi et aurais à faire peut-être à quelque pervers. Le sexe ne m'intéresse plus, il me fait même rigoler, mais le manque d'une présence du sexe opposé se fait de plus en plus ressentir. Je voudrais encore partager de bons moments avec une âme sœur !

Ce sujet a été longuement traité par plusieurs écrivains ; qu'ils soient d'hier ou d'aujourd'hui. Nous avons été, autant les filles devenues des femmes que les garçons devenus des hommes, conditionnés et formatés depuis des décennies pour exécuter des rôles bien précis et ne surtout pas en sortir.

Ce n'est pas le but de mon livre. Ce que je voudrais arriver à faire, c'est de comprendre pourquoi je suis rentrée dans un processus infernal tout au long de ma vie et parvenir à ne jamais le réitérer.

Depuis plusieurs années je suis en thérapie avec une personne qui se donne bien du mal pour me guider vers les points précis où je devrais logiquement réfléchir longuement et en faire une analyse sérieuse.

Des efforts, j'en fais, mais j'ai l'impression de stagner. Nous savons bien, elle comme moi, qu'il y a des blessures qui ne se refermeront jamais, que mon inconscient me cachera pour l'éternité des vérités sur ma petite enfance. Il me faut et me faudra vivre avec ; c'est ainsi que je continuerai à grandir et un jour à renaître.

Mes proches, en général, me disent souvent que j'ai l'air triste. C'est certainement ce qui ressort de ma personne, quoique, j'aime rire comme tout le monde ! Seulement, il est vrai que je suis devenue extrêmement cérébrale et hypersensible. C'est dans le silence que j'écoute et que j'analyse.

La passion de connaître les autres m'a été offerte dès ma plus jeune enfance puisque je n'avais plus que cela à pratiquer. L'observation, quel exercice fascinant ! Hélas, j'oubliais aussi que j'existais ; je n'ai été que poussière pendant tant de temps. Ma personnalité a été et restera quelque peu insipide lors de certaines situations. Cela aussi, je dois l'accepter et non me forcer à faire semblant, au risque de me perdre.

Oui, je peux sembler froide et sans états d'âme, morose, indifférente, désespérée, complexée, absente et bêcheuse. Mais parfois, paradoxalement, tant fragile, tant accessible, détachée et offerte à la fois. Mon Dieu, je comprends ce que mes enfants ont dû subir à cause de ma personnalité complexe.

Non, j'ai été et je suis encore parfois seulement en retrait, tout en restant près de vous, tellement près de vous ! Mon cœur n'a jamais cessé d'emmagasiner tout cet amour qui m'inonde, à tort ou à raison.

Je ne sais pas qui je suis. D'ailleurs ai-je été un jour matérialisée en mon « moi » ? Ce n'est pas faute d'avoir cherché, soulevé toutes les pierres de ma vie, fait tourner tous les moulins de ma plaine pour y recueillir une parcelle de moi-même dans le vent de ma destinée.

Ce n'est pas une vie de cinéma ni de chimères, seulement une « survie » où je me bats, où je me démène afin de rester du bon côté du chemin, et personne ne peut le comprendre si je n'arrive pas à lui expliquer. Pour cela, il a fallu que je commence dès le début de l'histoire ; de notre histoire à tous : la naissance et l'enfance.

Ce livre est pour moi ainsi que pour vous, afin que vous sachiez que notre futur est souvent piégé par notre passé. Malheureusement nous sommes tous pliés devant ce fait et, même ceux qui se croient loin de ce problème, ceux qui portent des œillères face à eux-mêmes, un jour se retrouvent devant une complexité qu'ils ne peuvent plus gérer.

La haine dans ce cas est complètement stérile et inutile. Il faut se retourner, certes, mais ne s'en prendre qu'à soi-même car si quelques personnes ont abîmé votre vie, soit elles l'ont fait par maladie, soit par bêtise ou le plus souvent par une hérédité débile et ancestrale. Je ne vais pas épiloguer sur ce sujet, des écrivains l'ont déjà fait à ma place, tels : Lucià Etxebarria (« Je ne souffrirai plus par amour »), Altable Vicario, Castello Blasco, Mélanie Klein, Sigmund Freud (« Psychologie des masses et analyse du moi »), Marie-France Hirigoyen et j'en passe ! Tous ces auteurs, je les ai lus, alors évidemment, cela m'a demandé des efforts surhumains pour analyser et retenir les diverses leçons que personne d'autre que moi ne pouvait entendre.

Je me suis perdue vers mon âge de quatre ans, peut-être même avant ? J'ai vécu au jour le jour, telle une bête sauvage, prenant le meilleur et oubliant le pire. Je pratique encore cet exercice malgré moi, ayant beaucoup de difficultés à maîtriser le temps, seule dans ma tanière, je vis donc parfois cette forme de vie.

Xavier Chies a écrit dans un de ses livres (« L'âme du monde ») un passage qui m'a énormément marquée : « *Emporte dans ta mémoire, pour le reste de ton existence, les choses positives qui ont surgi au milieu des difficultés. Elles seront une preuve de tes capacités et te redonneront confiance devant tous les obstacles* ». Ce livre en est la preuve même, bien qu'il ait fallu que j'affronte les mauvais souvenirs afin qu'ils cessent de me bouffer la vie.

Désormais, oui j'appréhende moins les difficultés et parviens à les ranger dans la case : à oublier.

Mais je ne permets plus à personne de juger mon comportement, de m'en faire grief ; nous n'avons pas le droit de juger la vie des autres sans l'avoir vécue.

Mon combat est sain, ma conscience tranquille et pure, même si j'ai fait des erreurs comme tout être humain. Je pense que je ne m'en suis pas mal sortie, sans prétention aucune. J'aurais pu devenir pédophile moi aussi par haine ou par mimétisme, reproduire ce que j'ai reçu comme éducation, empêcher mes enfants de s'exprimer et de leur demander d'être de sages petites filles, ne me faisant subir aucun tracas. Ne risquais-je pas de devenir droguée, cruelle et persécutrice, fille de joie dans des bouges glauques de Montmartre ? Pourquoi pas ? Rien de tout cela. Je me suis battue afin de trouver le bonheur, de le donner coûte que coûte à mes enfants, et surtout de rester droite.

Silence, car le silence est d'or !

J'ai besoin de ces silences. Pardon de vous les infliger. Le silence est un souffle, le calme avant la tempête ou le vide avant la rumeur. Il est le fil tendu entre le réel et l'imaginaire, entre le sommeil et le réveil.

Lucià Etxebarria a dit : « *Il y a bien d'autres façons d'effrayer, d'intimider ou de culpabiliser un enfant que par la violence physique. Tourmenté par des pensées qu'il ne peut communiquer ni partager avec quiconque, l'enfant apprend à endurer la douleur en silence* ».

Par ses mots elle a tout dit ; mon silence c'est ça : une douleur en plein travail, un cheval que l'on dresse avec une longe et un fouet, il se tait et travaille. Mes ruades viennent après, lorsque le bruit est revenu et que l'on m'a approchée de trop près, sans délicatesse ni amour. Mille chevaux sauvages galopent alors en moi, vers un vide immense tels les Appaloosas fiers chevaux indiens d'Amérique du sud que l'on a voulu exterminer tout en les jetant du haut d'une falaise.

Je voudrais dire adieu à ce que je fuis, adieu à ce que j'ai vécu, adieu aux silences odieux et non souhaités, à la blessure restée béante malgré les plus doux pansements de la vie, et me laisser jeter de cette falaise qui est l'oubli. Le silence me sauve malgré moi.

Des rêves me viennent, un peu fous : revenir au creux de tes flancs, ma mère et en ressortir baignée d'une aura de bonheur. Voir ton visage enfin sourire et être fière de mon père. Finalement, que je sois accueillie dans la sérénité !

Mais on ne refait pas sa naissance, la renaissance est un bonbon que l'on suce longuement afin d'en oublier le goût amer de la ciguë. Par moment je n'y crois plus, je n'arrive plus à avaler les vicissitudes de la vie, ses traîtrises et ses leurres. Quand je pense à toutes ces années perdues à chercher une identité, à vouloir changer la réalité et à refuser de bifurquer au lieu de plonger, quel gâchis ! Aujourd'hui, je me sens calme, les combats sont derrière et la honte aussi ; peu m'importe la rumeur, je sais que je ne suis pas coupable et de cela jamais plus on ne me fera douter.

Dieu est près de moi, même si, le pauvre, je ne lui fais pas souvent don de mes prières. Je ne crois plus aux rabâchages bibliques, j'ai l'impression de les connaître tous par cœur, certainement trop occupée à réparer mes blessures ; on ne peut être partout à la fois ! Je ne Lui adresse la parole que pour demander de l'aide pour les miens. La religion des hommes de toute façon me révulse, j'en ai été la plus désolante spectatrice. Il n'y a que dans les endroits calmes, spirituels et murés, protégés aussi tels les monastères ou les cloîtres où je peux réellement être en symbiose avec Lui. J'adorais aller prier à la Trappe de Bricquebec par exemple.

C'est comme ça, maintenant, je ne me force plus de ce côté là et Il le sait.

Alors oui, parfois je suis triste et je revendique le droit d'être chagrine, morose, douloureuse, d'avoir le blues autant que la joie, la bonne humeur, la gaîté et ainsi de suite. Je ne suis pas un robot. J'ai mes droits et mes humeurs d'être humain, et si qui que ce soit veut faire de moi quelqu'un que je ne suis pas, il sera bien désœuvré et désolé. Il est très pénible de ne plus avoir sa liberté de déplacement, d'être à charge pour presque tout.

Tous les hommes de ma vie je les ai aimés ; mal certainement. Tous ceux-là m'ont certainement aimée ; mal aussi. Nous sommes quittes !

En tous les cas moi je me suis remise en question et je sais que j'en ai trop demandé à certains des hommes de ma vie. Je voulais leur arracher tout ce que l'on ne m'avait jamais offert, comme ça, sans pitié ni questions, sans leur laisser le droit à leurs propres forces, leurs expériences et leurs inaptitudes en divers domaines. C'est ça quand on souffre, on applique la politique de l'autruche et on se donne toutes les raisons inimaginables pour hurler à en casser l'existence de l'autre. Quelle horreur ! J'ai dû être aussi odieuse qu'eux. Mais l'amour est odieux de toute façon, c'est un duel perpétuel.

Bien sûr, il y en a qui l'ont bien cherchée cette colère. Je n'ai pas eu tous les torts non plus. Mais même ceux là, je les ai trop aimés, me mettant en danger parce que je ne savais pas qu'il ne faut jamais trop aimer. Et pourtant, je persiste à dire que l'on n'aime jamais assez ! Tout ceci est plein de sentiments contradictoires. L'être humain est contradictoire.

Dans ce recueil il me fallait vous dire la plaie que laissent les pédophiles aux enfants : un chemin sans but, une vie sans vue, à peine des oreilles pour entendre, et parfois, assez de courage pour ouvrir la bouche et dire : non !Le manque de réactivité, le réflexe exagéré du don de son corps, de soi, passe bien longtemps par-dessus l'amour propre laissant la honte tracer tranquillement son chemin, et cela c'est terrible.

Il ne faut pas minimiser ce qu'un enfant a pu subir, il faut l'écouter, le forcer presque à parler, le sortir de sa stupeur et le protéger le plus possible tout au long de sa jeunesse.

Lorsqu'il devient adulte, hélas il passe son temps à combattre ses démons, à refaire les mêmes erreurs et à chercher inlassablement un passage de lumière, quitte parfois à en oublier malencontreusement son entourage. Alors des mécanismes se mettent en route, il est attiré très souvent par des situations suicidaires car il ne supporte plus cette mort lente. On lui en veut, on le rejette, et au fil du temps il se dénie et s'enferme dans un portrait que les autres souhaiteraient voir en face d'eux. Jamais, il ne pourra sortir intact de cette enfance bafouée. À moins que, comme moi, il n'en n'ait un jour conscience et tombe sur un thérapeute compétent tel que le mien. Pour cela, il faut détecter que quelque chose ne tourne pas rond et avoir le courage d'y travailler.

Seuls, ceux qui ont le courage de désirer guérir, enfin tout au moins d'aller mieux, ceux qui consultent des personnes intègres et professionnelles peuvent un jour espérer que cette souffrance s'estompe et que cesse le port insupportable de ce fardeau chargé de honte, de peur et d'incompréhension depuis tant d'années !

Je ne pensais pas que vous mes filles, vous aviez été embarquées sans mot dire dans cette galère, dans mes souffrances ; je n'en avais pas vraiment conscience ou je le refusais.

Par une affection bouillonnante, vitale et trop envahissante, une peur perpétuelle de mal faire ou de ne pas être à la hauteur, vous me faites comprendre à ce jour que là aussi j'ai échoué. Je vous ai bouffé une part de votre vie très certainement. Pardon pour mes fréquentes lacunes et merci pour ne jamais vraiment refuser tout ce trop plein d'amour que je veux vous donner, même si parfois vous m'envoyez paître.

Il n'est pas étonnant que ma vie ne fut pas facile, on ne m'a rien appris. J'ai tout fait instinctivement, guidée par ma pureté haut placée ; bien trop haut placée certainement.

Il faut que je me résigne, seule je suis née, seule je mourrai, payant pour ces hommes sans scrupules, ceux qui s'attaquent aux agneaux. Des loups, ce ne sont que des loups ! Le petit chaperon rouge est un conte réaliste qui dans la vie, hélas finit très mal.

Nous sommes tant dans ce cas, isolés dans notre misère, perturbés.

Des chagrins d'amour, j'en ai eus plein. Des gigantesques ayant les entrailles déchirées par le manque de l'autre. Celui sur lequel je comptais, ce fameux prince charmant. Des mois et des mois à hurler au plus profond de mes jours et de mes nuits, étant malgré tout obligée de sourire face à ces têtes d'anges aux regards remplis d'amour, de cet amour qui ne permet pas la faiblesse.

Jusqu'à ce jour, où enfin le calme vient. La solitude est un soulagement. Elle devient une fidèle compagne et la plénitude est au rendez-vous.

Alors oui, pour cela, un jour il a fallu écrire. Ecrire pour comprendre, pour délier les chaînes du mécanisme diabolique dans lequel je me suis inconsciemment laissée emprisonner.

Je ne regrette plus mon passé, j'ai tout fait pour retrouver mon identité, ma liberté et mon statut de femme et non de maîtresse soumise. Mon but a toujours été de survivre à mes blessures, tant bien que mal.

En quelque sorte, j'ai vengé ma mère, ma sœur, mon frère et ceux qui sont décédés.

Voilà, j'ai survolé ma vie. Vous en penserez ce que vous voudrez, peu m'importe aujourd'hui ce que pensent les gens de moi ; je les aime sereinement. Tout est dit, tout s'explique, et je suis ce que la vie a faite de moi en toute simplicité.

Je ne me sens jamais seule, j'ai mon ange gardien, mes enfants et petits-enfants que j'adore (ma seconde fille avec son nouvel époux m'a encore donné un petit-fils : Ugo ; adorable petit être qui sourit tout le temps !), mes beaux-fils qui sont admirables avec moi, ma famille, mes amis, mon chat, l'écriture, la nature, la musique, la lecture et des films merveilleux ; la vie quoi !

Merci à ceux qui m'ont aidé à accepter d'être petite mais vivante.

Afin de terminer ce livre un peu maladroit je l'avoue, avec le sentiment en plus de n'avoir pas pu tout dire, il me faut vous faire partager toutes les citations qui m'ont aussi aidée à exorciser le mal que l'on me fit :

- <u>*Mitch Albom*</u> : « *Aucune vie n'est inutile, le seul moment que nous gâchons, c'est celui où nous croyons être seuls* ».

- <u>*Neal Donald Walch*</u> : « *La frustration et l'anxiété viennent du fait que l'on n'écoute pas assez son âme* ».

- <u>*Neal Donald Walch*</u> : « *Fais aux autres des affirmations du type « je suis », « je suis » est l'affirmation créatrice la plus puissante de l'univers* ».

- <u>*Neal Donald Walch*</u> : « *Examine tes valeurs une à une. Expose-les à la lumière du regard public. Si tu peux dire au monde, sans ralentir ni hésiter qui tu es et ce que tu crois, tu seras content de toi ».*

- Un inconnu : « *Quiconque fait cent pas sans Amour, marche vers ses funérailles* ».

- Sigmund Freud : « *On ne devient pas pervers, on le demeure* ».

- Jean De La Fontaine : « *L'absence est le plus grand des maux* ».

- Madame Du Châtelet : « *Il faut être vertueux, parce qu'on ne peut être vicieux et heureux* ».

- Jean-Baptiste Gresset : « *La douleur est un siècle et la mort, un moment* ».

- Madame Du Châtelet : « *Moins notre bonheur dépend des autres et plus il est aisé d'être heureux* ».

- Milord Rochester : « *Il faut aimer, c'est ce qui nous soutient, car sans l'amour, il est triste d'être homme* ».

- Madame Du Châtelet : « *Il n'y a rien à faire qu'à oublier quelqu'un qui cesse de nous aimer* ».

- Ovide : « *Nous sommes lents à croire ce qui fait mal à croire* ».

- Hippocrate : « *La vie est brève, l'art est long, l'expérience dangereuse, le jugement difficile* ».

- Démocrite : « *En réalité, nous ne savons rien, car la vérité est au fond de l'abîme* ».

- *Michel de Montaigne* : « *Tous les jours vont à la mort, le dernier y arrive* ».

- *Louis Aragon* : « *Le temps d'apprendre à vivre, il est déjà trop tard* ».

- *Barry Levinson* : « *On n'est jeune qu'une seule fois, mais on s'en souvient toute sa vie* ».

- *Saint Paolo* : « *Ce qui est folie dans le monde, Dieu l'a choisi pour confondre les sages ; ce qui est faible dans le monde, pour confondre ce qui est fort* ».

- *Thomas Merton* : « *J'ai compris que c'est au milieu des gens que je me sens seul, et lorsque je suis seul, je ne me sens plus solitaire* ».

- *Charles Prince* : « *Lorsque tu assumes le poids de tes erreurs, tu te reconnais tel que tu es ; ce sont tes erreurs. Et cela fait partie de ta dignité de les régler toi-même, sans faire porter cela à d'autres. Ton ami peut porter cela mais ce n'est pas à lui de les assumer. Et tu ne dois pas accepter qu'il t'aide si tu peux toi-même régler le problème. Et inversement, c'est aussi vrai : tu ne dois pas assister ton ami* ».

- *Charles Prince* : « *Ce n'est pas facile de briser tous les échanges affectifs qui ne sont pas forcément voulus mais qui, de fait, sont présents ; sous prétexte d'avoir peur de ne plus être aimé, on cache ce qui en nous risque de déplaire. Pourtant, l'ami n'attend que cela pour être lui-même transparent* ».

- <u>*Aldo Naouri*</u> : « *Tromper c'est refuser de devenir adulte* ».

- <u>*Elizabeth Goudge*</u> : « *Ceux qui sont offensés, ceux qui sont attristés, préfèrent le coin de leur feu, comme les animaux malades : leur repaire* ».

- <u>*John Welwood*</u> : « *La compassion – littérairement : « souffrir avec », naît d'une blessure au cœur qui nous rend aussi sensible aux autres* ».

- <u>*Simone Weil*</u> : « *Les gens malheureux n'ont besoin de rien d'autre au monde que de personnes capables de leur donner de l'attention* ».

- <u>*L'Abbé Pierre*</u> : « *La paix dans le monde dépend des paix individuelles* ».

- <u>*Paul Léautaud*</u> : « *Au-dessus du devoir, il y a le bonheur* ».

- <u>*Oscar Wilde*</u> : « *Il ne faut pas en vouloir à quelqu'un qui a été frappé* ».

- <u>*René Fallet*</u> : « *Parce qu'il est trop tard, toujours, notre vie n'est jamais une vie* ».

Voilà, je vous laisse en espérant avoir apporté un petit plus à votre vie, grâce à la mienne qui va bon train !

FIN